AF406440

Simona Busto

VOGLIO AMARTI

#readingwithlove

#readingwithlove è un marchio registrato.

ISBN 9791280555212

(Seconda edizione)

Editing
Susanna Barbaglia
Antonella Tomaselli
Production
Gabriele Bertoli

Grafica di copertina: Giuseppe Veroni
Immagine: Eugene Partyzan/Shutterstock

© 2022 #readingwithlove

Seguici su Facebook (readingwithlove.official), Instagram (readingwithlove_official)e www.rea-dingwithlove.it

1

Ambra

Il sole filtra in strisce sottili tra i listelli delle persiane. Mi ferisce gli occhi. Fa male.

Tutto fa male.

Mi volto e do le spalle a quelle lame dolorose. Voglio dormire. Serve a spegnere la mente, a darmi tregua.

Eppure di colpo sono sveglia, gli occhi sbarrati sulla parete rosa antico. Allungo una mano dall'altro lato del letto, lo trovo freddo e vuoto. E la sofferenza riprende possesso di ogni cellula del mio essere. Oggi come ieri.

Mi metto a sedere sul materasso, lascio ciondolare i piedi. Anche stanotte mi sono addormentata tardissimo. I pensieri mi si gonfiano dentro, soffocano l'anima.

Lui non c'è, non ci sarà nemmeno domani, e neppure tra un altro giorno ancora.

Prendo il cellulare dal comodino. Nessun messaggio: il display è vuoto come le mie giornate senza di lui.

Avevamo dei progetti. Eravamo pronti ad avere un bambino. O forse ero l'unica a esserlo.

Un figlio: il mio sogno da anni. Mi sembrava già di vederlo, le manine paffute che afferravano le mie.

Invece in un attimo è svanito tutto, cancellato con un colpo di spugna insieme alla mia storia d'amore.

Mi prendo la testa tra le mani. Ho bisogno di un antidolorifico, altrimenti non riuscirò mai a iniziare la giornata. Il frigo è vuoto. Suppongo di dover fare una gita al supermercato. Dopotutto mangiare è necessario, no?

Ho finito anche i croccantini per Pantoufle.

Come se avesse sentito i miei pensieri Pantoufle, la gatta invisibile, si materializza da sotto il piumone e mi sfiora il viso prima con il musetto e poi con la lunghissima coda. L'ho chiamata come il canguro immaginario di *Chocolat* proprio per via di quella coda e perché nessun ospite passato per casa mia l'ha mai vista.

La scampanellata mi trafigge le orecchie. Sobbalzo sul letto, il cuore in gola. Mi serve un attimo per regolarizzare il respiro e calmarmi. Non è normale sentirsi così, ma non ho modo di evitarlo.

Mi alzo per affrontare il lungo tragitto fino all'ingresso. Guardo la telecamera. Sospiro, poi apro e l'aspetto.

«Buongiorno, Tiziana. Sei mattiniera oggi», la saluto con la voce ancora impastata da cui traspare un fastidio che non so celare.

Entra come un tornado, energica e nervosa come sempre. Mi guarda, le mani posate sui fianchi. «Darei il buongiorno anche a te, ma mi sembra che nemmeno questa sia una buona giornata».

Scrollo le spalle, come se non avesse importanza il modo in cui mi sento, come se non fosse la sola cosa che conta davvero in questo momento. Per quanto mi sforzi è impossibile ignorare il malessere che accompagna ogni respiro.

«Santa pace, Ambra. Adesso basta!».

Si muove svelta per la casa, i riccioli scuri che rimbalzano sulla schiena al ritmo dei suoi passi, apre le persiane e spalanca le finestre.

Pantoufle, com'era prevedibile, è svanita nel nulla.

«Ehi!», tento una debole protesta. «È dicembre! Si gela, nel caso non te ne fossi accorta».

Rabbrividisco nel pigiama di cotone.

Si volta e mi punta un dito contro. «Ti prendo io dei vestiti decenti dall'armadio. Tu intanto vai in bagno, fatti una doccia e... vedi di fare qualcosa per quegli occhi, per favore! Andiamo a prenderci un caffè».

Borbotto qualcosa d'indistinto, è il massimo dell'assenso che possa aspettarsi ora come ora.

Quando mi guardo nello specchio sopra il lavandino capisco cosa intenda: tutta la zona sotto gli occhi è gonfia e scura. Sospiro. Il mio viso diventa sempre così quando piango molto, ma era da tempo che non mi riducevo in quello stato.

Sfidando il freddo vado in cucina a prendere due cubetti di ghiaccio per alleviare il gonfiore. Al mio ritorno in bagno trovo una maglia carina, rossa, con lo scollo a v, e jeans neri aderenti. Un look troppo vivace per il mio umore, ma non voglio discutere con Tiziana. In realtà le sono grata.

Mi dona quella boccata d'ossigeno di cui i miei polmoni schiacciati dal dolore hanno un disperato bisogno.

Quindi gli hai scritto ancora?». Titti posa la tazzina, su cui è rimasta impressa un'evidente traccia di rossetto vermiglio, e mi guarda con espressione concentrata.

Abbasso gli occhi. «Ho sbagliato, lo so».

«Decisamente, ma adesso non è quello il punto».

«E quale sarebbe allora?». Non posso evitare di sentirmi un po' irritata. I rimproveri non mi piacciono, me ne sono andata di casa a ventitré anni per questo preciso motivo, e adesso proprio non mi va di sentirmi rimbrottare da una ragazzina che ha quasi dieci anni in meno di me. Fidanzata di mio fratello o no.

Mi osserva con intensità, il mento che poggia sulle mani intrecciate. «Per me potresti chiamarlo tutte le sere, se questo ti facesse stare meglio. Il guaio è che non succede. Odio vederti così, e ammazzerei Tommaso per questo».

Il solo sentire quel nome mi fa chiudere lo stomaco in una morsa, e quasi non riesco più a bere il caffè.

«Ha fatto la sua scelta. Sono io che non riesco ad accettarlo. Ero davvero convinta che fosse la persona giusta. Sai, quella con cui scrivi la frase *lieto fine*».

«Già». Il tono neutro di Tiziana fa capire molto più di quel che dice. E lo so anch'io: avrebbe potuto prendere quella decisione prima che provassimo ad avere un figlio insieme, prima dei batticuori a ogni ritardo mensile, prima delle illusioni e delle speranze mal riposte, prima che sognassi il mio corpo mutare e il ventre farsi sporgente.

Scaccio quei pensieri con fastidio. Se mi addentro in quel ginepraio di sentimenti finirò per perdermi. Voglio così tanto un figlio, più di ogni altra cosa.

«Stasera si esce. Andiamo a Milano, c'è un bel locale sui Navigli che prima non frequentavamo. Hai proprio bisogno di vedere un po' di gente».

Sussulto. «No, Titti, andate voi due. Io ancora non me la sento. Mi serve un po' di tempo per…».

Gli occhi scuri, grandi sul piccolo naso appuntito, mi scoccano uno sguardo assassino. «Tempo? Altro tempo? Non ci provare! Siamo d'accordo con gli altri. Non verrai a reggere il moccolo. E non accetto un no come risposta».

Sospiro. So perché me lo sta chiedendo: la maggior parte delle mie amicizie ha un fidanzato, un marito e molti anche figli, quelli che restano fuori da questa routine o sono anche amici di Tommaso o hanno interessi che non collimano con i miei. Resta il fatto che mio fratello ha trentadue anni e non sono sicura che mi vada di uscire con loro, benché conosca parecchi di quei ragazzi sin da quando eravamo bambini.

Cinque anni di differenza significavano molto nel periodo in cui eravamo piccoli, e adesso le cose sono cambiate solo in parte.

«Titti, tu mi piaci, e lo sai. Sto bene con te, ma con gli altri… mi sentirei un pesce fuor d'acqua».

Sbuffa. «Parli come una vecchia. Avanti, Ambra, è solo una serata fuori! Perché mai dovresti essere a disagio?».

Fisso con intensità il mio piede che tamburella nervoso sul pavimento. «Va bene», cedo. «Hai vinto! Ci vediamo stasera. Davanti a casa dei miei va bene?».

Alza le braccia di scatto, ed esulta in modo esagerato. «Wow! Non ci posso credere! Ce l'ho fatta! Ambra Fontana ci onorerà della sua presenza!».

Sorrido, e lei mi guarda con aria di rimprovero. «Niente… neanche con una pallina rossa sul naso e un fiore finto che spruzza acqua riuscirei a farti ridere. Non mi ricordo nemmeno più come suona la tua risata».

Giochicchio con il cucchiaino. So che ha ragione, ma non riesco davvero a trovare in me la forza di accontentarla. È difficile ridere quando un macigno ti schiaccia il cuore.

Come prevedibile, riesco a posteggiare la macchina solo in un parcheggio a pagamento, che peraltro non è affatto vicino al locale. Ritiro il biglietto e mi avvio, felice di aver indossato un paio di stivali dal tacco largo e comodo.

Ho scelto io l'abbigliamento stavolta, e ho deciso che una gonna grigia, lunga appena sopra il ginocchio, e un maglione nero potevano essere in linea con il mio umore attuale. Tiziana se ne farà una ragione.

Rabbrividisco nel piumino e cammino in fretta per le strade affollate nel tentativo di scaldarmi.

Con il mio passo veloce arrivo al locale nel giro di qualche minuto. Mi fermo ed esamino l'insegna: è bianca, e la scritta "Al *Coccio*" campeggia accanto a una grossa tazza. Sbircio dalla vetrata e scorgo mattoni a vista e archi. Sembra davvero carino, forse non il genere di locale che avrei scelto, ma comunque carino.

Do un'altra rapida occhiata alla strada, ma non vedo nessuno di conosciuto. Fabrizio e Titti devono essere ancora a caccia di un parcheggio. Sospiro e mi addosso alla parete in prossimità dell'ingresso, in attesa.

Una figura oscura il mio campo visivo. «Hai da accendere?». Alzo gli occhi e deglutisco a vuoto. È un uomo basso, più o meno della mia età, non ha nulla di particolare nei tratti o nell'abbigliamento, ma c'è qualcosa nel suo sguardo, una fissità minacciosa che mi toglie il fiato.

In fondo allo stomaco mi si apre una voragine.

Scuoto il capo. «Non fumo». La voce mi esce sottile, in un filo. Serro a pugno le mani infilate nelle tasche. Devo farle smettere di tremare.

Lui sorride, ma non c'è nulla di amichevole in quell'espressione. «Però forse ti va di fare un giro. Non vorrai mica stare qui tutta sola al freddo».

Scuoto di nuovo la testa, il cuore che mi balza in gola, e il rumore dei battiti che mi assorda.

Ho paura. Mi sento del tutto inerme.

Il viso dello sconosciuto s'irrigidisce. «Non fare tanto la santarellina... Su, avanti!». Allunga una mano e mi afferra il polso. Fa male. Mi rendo conto di aver sbarrato gli occhi e di essermi impietrita, incapace di reagire. Riesco solo a restare immobile, e opporre resistenza, mentre la morsa dell'angoscia mi stringe lo stomaco.

Ma lui è troppo forte. «No!», riesco a dire quasi in un grido. Poi chiudo gli occhi, e sento il mio corpo staccarsi dal muro che ho alle spalle. Mi stringe al punto di farmi male.

«Mi pare che ti abbia detto di no. Su, bello, lasciala stare e dimmi di cosa hai bisogno». Giro la testa di scatto al suono di quella voce sconosciuta. Ho la vista annebbiata. Noto solo che è alto, e che ha messo la mano sul braccio dell'uomo.

«Io credo invece che tu andrai da un'altra parte a farti un piattino di cazzi tuoi», ringhia in risposta il tizio che mi sta importunando.

«Davvero?». Il ragazzo inarca un sopracciglio, e sento che la mano del mio molestatore mi si stacca di dosso. Lo scosta, poi lo spinge via, facendolo arretrare di parecchi metri, dritto addosso a un gruppo che sta raggiungendo il locale in quel momento.

L'uomo ringhia qualche minaccia tra i denti, ma poi s'allontana a capo chino.

E io riprendo a respirare.

Chiudo gli occhi e ingoio l'aria, come se ne avessi fame. Il cuore ancora impazzito non accenna a calmarsi. Sento un ronzio nelle orecchie, e per un attimo temo di svenire sul selciato. Un'ondata di nausea mi assale.

Una mano gentile mi si posa sull'avambraccio, ma d'istinto me la scrollo di dosso. Non voglio essere toccata, la sola idea mi dà un profondo disgusto in questo momento. Devo lavarmi. Subito.

Lui non insiste. «Stai bene?». Il suo tono preoccupato mi costringe ad alzare gli occhi che stavo tenendo fissi sulle mie braccia.

Lo guardo senza vederlo. «Devo lavarmi!».

Sbatte le palpebre. «D'accordo. Entro con te».

Lo seguo nel locale e, non so come, riesco a raggiungere il bagno. Metto le mani sotto il getto d'acqua e sfrego furiosamente. Le gocce schizzano sul piumino, ma non m'importa. È indispensabile che riesca a ripulirmi dall'odore di quell'essere ripugnante.

Sento il cellulare che squilla, ma non ci faccio caso. Continuo a insaponarmi.

Bussano alla porta. «Ehi, va tutto bene?».

Non rispondo. Ne ho abbastanza di sconosciuti, gentili o no.

«Senti… Capisco che ti abbia disgustata, ma non ti ha toccato la pelle, credimi. Al massimo domani porterai il piumino in lavanderia. O magari potresti bruciarlo, che ne dici? Ti aiuto a fare un bel falò qui fuori? Se non ci arrestano contribuiamo a scaldare un po' i passanti».

Non vorrei, eppure mi viene da ridere. Forse è solo la tensione nervosa, ma di colpo la sua battuta mi pare davvero esilarante, e mi piego in due sul lavandino in una liberatoria risata silenziosa.

Daniele

Resto piantato davanti alla porta come un cretino.
Lei non dà segno d'aver sentito la mia stupida battuta.
Accidenti! Di solito le ragazze mi danno un po' più di considerazione.
In che pasticcio mi sono cacciato... Ma non me la sento di piantarla lì da sola. Sembrava davvero sconvolta.
Sospiro, e mi gratto la testa in un gesto nervoso. Alzo di nuovo la mano per bussare. Dovrà pur uscire prima o poi.
Resto con il pugno a mezz'aria quando la porta si apre di scatto.
Mi guarda e accenna un timido sorriso. È carina. Molto. Anzi, sarebbe meglio dire che è proprio bella. Ha un viso insolito, dai tratti spigolosi, che però emana fascino e sensualità. E quegli occhi grandi, dallo strano colore verde acqua, mi attraggono come calamite.
Mi sembra di averla già vista, ma è una sensazione confusa, quasi offuscata da un velo.
Abbasso il braccio, e domino il solito imbarazzo da primo incontro. «Meglio?».
Annuisce, e mi guarda forse per la prima volta.

Socchiude gli occhi, e le ciglia lunghissime donano una luce sensuale alla sua espressione. «Scusami. Non sono stata proprio educata. Non so nemmeno io perché questa cosa mi abbia sconvolto tanto».

Mi stringo nelle spalle, cercando di non fissarle le labbra piene. Non voglio sembrare un altro maniaco. Ne ha già avuto abbastanza per stasera.

«Non c'è problema», mi affretto a confermare, e le tendo la mano.

«Daniele».

Lei esita, poi stringe il palmo contro il mio.

«Ambra».

Ha una presa decisa, che contrasta con l'immagine di fragilità a cui ho appena assistito.

Quella contraddizione m'incuriosisce, e mi attrae come non mi capitava da tempo.

«Bene. Allora, Ambra...».

«Dove diavolo eri finita?». La voce maschile, allarmata, distrugge un momento che sembrava promettente.

Mi volto ad affrontare un probabile fidanzato furibondo, invece mi trovo davanti Fabrizio. Non mi sta guardando, ha gli occhi fissi sulla ragazza, un'espressione tra il preoccupato e l'infastidito.

Tiziana sbuca come un folletto da dietro le sue spalle.

«Vi faccio la stessa domanda», replica Ambra, asciutta. «Vi ho aspettato per un pezzo qui fuori.

Poi è arrivato un tizio e ha tentato di molestarmi».

Titti si porta le mani alla bocca. «Oddio, stai bene?».

Lei fa un cenno con la mano a indicare che vuole chiudere la conversazione. «Per fortuna è intervenuto questo ragazzo».

Brizio mi rivolge un rapido sorriso. «Allora ogni tanto ne fai una giusta anche tu. Quanto a te», guarda di nuovo la ragazza, «mi sembrava di aver insistito perché salissi in macchina con noi».

Lei alza le sopracciglia. «Sarebbe bastato che foste arrivati prima. Scommetto che non volevi lasciare la macchina a pagamento».

Tiziana ridacchia mentre massaggia il braccio di Ambra in un gesto intimo e affettuoso. «Lo conosci bene».

«Ci sono cresciuta...».

Con un sospiro esagerato Fabrizio mi indica la ragazza. «Lele, ti ricordi, immagino, la mia adorabile sorellona?».

Spalanco gli occhi. Sua sorella? Saranno passati almeno quindici anni dall'ultima volta che l'ho vista, ma... è impossibile. Dovrebbe avere quasi quarant'anni se fosse lei. Ricordo bene che era più grande di noi, e di parecchio. Quella che ho di fronte è... sembra una ragazzina.

Anche lei mi fissa, la fronte corrugata sotto l'attaccatura dei capelli biondo cenere. Forse cerca di associare la mia immagine attuale a quella dell'adolescente che ero ai tempi del nostro ultimo incontro fortuito a casa loro.

Gli occhi le si allargano di botto. «Ah, accidenti! Adesso ho capito chi sei. Non ti avrei mai riconosciuto. Sei *cresciuto*».

Il modo in cui sottolinea l'ultima parola mi fa sentire piuttosto umiliato. Non è proprio quello che speravo. Mi andava di conoscerla, magari di bere qualcosa con lei. Scoprire che è la sorella del mio migliore amico di sempre e che mi considera in pratica un lattante non è proprio la mia idea d'inizio ideale.

Mi faccio da parte e resto in silenzio mentre Tiziana la subissa di domande. Tutte le storie finite di merda almeno sono servite a farmi capire quando non è neppure il caso di provarci. Quella ragazza non è per me. Punto.

Se solo azzardo un passo nella sua direzione Brizio mi fa a fettine. E questa è una certezza.

Nel frattempo anche gli altri sono arrivati, uniamo gli ultimi due tavoli liberi e ci creiamo così uno spazio per dieci, due coppie e sei scoppiati, come mi piace definire noi single del gruppo.

Occupo la sedia accanto a quella di Gioia; so che mi subisserà di parole fino a farmi venire l'emicrania, ma almeno mi risparmierò le crisi di mezz'età anticipate di Marcello.

M'irrigidisco quando noto che Ambra si siede accanto a me e mi rivolge un sorriso. C'è qualcosa di diverso rispetto a prima, anzi non è solo qualcosa, è proprio cambiato tutto in lei. L'avevo notata subito fuori dal *Coccio*, prima ancora che quel coglione l'avvicinasse. Spiccava perché era bella, sola e infelice, ma ora l'ombra che le offuscava gli occhi sembra essersi sollevata, sostituita da una luce di curiosità.

Mi guarda, e non fa nulla per nasconderlo. Non è sfacciata, solo consapevole della propria bellezza e per nulla intimidita da me.

Nemmeno io riesco a ignorarla. Mi scopro ad avvicinarmi con il busto per ascoltarla parlare nel locale rumoroso. Le nostre teste quasi si sfiorano, e posso sentire il suo profumo.

Il cuore accelera i battiti, vorrei scostarle quella ciocca di capelli dal viso solo per sentirne la morbidezza.

Guardo Fabrizio di sottecchi. Chiacchiera allegro e ride con il suo vocione da stadio. Anche quando i suoi occhi si spostano nella nostra direzione non sembra accorgersi della complicità che si sta instaurando a poche sedie di distanza. È il solito Brizio: spontaneo, allegro, buono e un po' sulle nuvole.

Lui è così, però Titti è fatta di tutt'altra pasta. Parla e ascolta la musica di sottofondo, ma i suoi occhi non mollano Ambra un istante, e quando incrociano i miei s'illuminano di un lampo malizioso che mi dà un brivido lungo la schiena. Maledizione! Quasi perdo il filo del discorso.

«Scusami...», mi affretto a rimediare mentre mi schiarisco la gola. «Dicevamo, non vivi con i tuoi, vero? Ogni tanto li incrocio».

Ride di una risata bassa e gradevole, senza il falsetto che usano tante ragazze quando cercano di far colpo. «No di certo! Me ne sono andata poco dopo i vent'anni».

Sono sicuro che non ne ha l'intenzione, ma di nuovo mi sento umiliato. Lei non sa che sono ancora a scaldare la cameretta a casa di mamma e papà. La guardo mentre tace, in attesa che io dica qualcosa. «Io... faccio come tuo fratello. Mi sa che è comodo avere qualcuno che ti butta i panni in lavatrice». La mia risposta non si avvicina nemmeno al reale motivo, ma quello sarebbe stato ancora più umiliante. Spero che non mi faccia più domande personali. Devo chiudere quella conversazione, prima di addentrarmi in un terreno pericoloso. Non sono abituato a sentirmi giudicato da una donna. E non voglio esserlo da *lei*.

Non dice niente. Si limita a sorridermi, ma questo peggiora la già infelice situazione del mio amor proprio.

Decido di lasciarmi catturare da Gioia, che aspettava solo un'occasione. E resto così, incapace di scacciare la consapevolezza della presenza di Ambra al mio fianco, ma troppo codardo per rivolgerle di nuovo la parola.

È l'una di notte quando mi accorgo che si è alzata in piedi. Guarda il fratello. «Brizio, io vado. Domani ho un sacco di cose da fare. Ci sentiamo, okay?».

Osservo il suo profilo dal naso dritto, la bocca piegata in un sorriso lieve.

«Ti accompagniamo!», esclama Titti con sicurezza. «Vero, Fabri? Ha già avuto una brutta avventura stasera. Non possiamo mandarla alla macchina da sola».

Lei scrolla il capo e ride. Il suono sensuale mi dà una scossa. Come sarebbe baciare quella bocca?

Fatico ad allontanare quei pensieri pericolosi.

«Non serve, davvero. C'è il mondo intero in giro. Adesso sto bene. Non mi può capitare due volte nella stessa sera, no?».

Salto in piedi prima di rendermi conto di quel che sto facendo. È un gesto di puro istinto, posso ripetermi mille volte che è meglio fingere di non averla mai incontrata, ma non voglio lasciarla andare. Non voglio. *Non voglio.* «Ti accompagno io. Tanto devo andare, visto che domani mi alzo praticamente all'alba».

Cerco d'ignorare il sorrisetto di Tiziana. Che diavolo sto facendo?

«Sicuro, Lele?». La bocca di Fabrizio ha una piega insolita, ma credo sia solo perché non gli andava di lasciare il locale così presto. «Se è un problema ci pensiamo noi».

Faccio cenno di no con la testa. Ormai è fatta e non potrei tirarmi indietro nemmeno se lo volessi.

E tutto il mio essere grida che non voglio.

Seguo Ambra nel locale ormai strapieno. È difficile ignorare il modo in cui muove i fianchi quando cammina, il suo corpo sottile mi suscita pensieri che non dovrei avere.

Lei è tabù.

Mi sono cacciato in un bel pasticcio.

Ambra

Sono anche troppo consapevole della sua presenza al mio fianco.

Cos'è cambiato in poche ore? Oggi pomeriggio mi piangevo addosso per la fine della mia lunga storia d'amore, prima di entrare nel locale sono rimasta traumatizzata da un tizio a cui normalmente avrei rifilato un bel calcio dove non batte il sole senza farmi troppi problemi, e adesso... sto civettando? Con un ragazzo che era compagno di classe di mio fratello?

Davvero?

Lo guardo con la coda dell'occhio. Ho i tacchi, ma gli arrivo poco più su della spalla. Quant'era alto l'ultima volta che ci siamo incontrati? Ecco, forse dovrei concentrarmi su quello, su quando lo vedevo aggirarsi per casa e non lo degnavo di una seconda occhiata.

So bene che non è più un bambino, ma in fondo è come se lo fosse. Non può darmi niente, se non qualche ora d'oblio che poi pagherei a caro prezzo.

E comunque non credo che lui corrisponda la mia assurda attrazione. È stato gentile, sì. È venuto in mio soccorso, e ora s'è offerto di accompagnarmi all'auto. Ma dopotutto mi ha ignorato per buona parte della serata. Ammetto che mi sono sentita umiliata per questo.

La ragazza con cui parlava non era niente di speciale. Aveva qualcosa in meno di me. Sì... almeno otto o nove anni.

Sospiro, e affondo le mani nelle tasche del piumino. «Non hai freddo?», chiedo, solo per rompere quel silenzio che inizia a pesarmi. Il suo cappotto di lana sembra leggero.

Ride. «No, io mai». La sua voce è bassa, un po' roca, e non posso fare a meno di trovarla sexy.

«Beato te», sbuffo. «Io sempre invece».

«Oh, sono certo però che troveremo qualcosa in comune, prima o poi».

Ne dubito, ma non ho il coraggio di dirlo. Ho l'impressione di averlo già messo a disagio in più di un'occasione stasera.

«Ti piace il basket?». Mi guarda con quegli occhi di un blu impossibile. Non sono azzurri, hanno il colore del mare nei punti in cui l'acqua è profonda. Mi fa pensare all'estate.

«Molto. Da ragazzina giocavo, ma poi mi hanno fatto capire che non ero granché brava».

«Visto? Una cosa in comune. Io gioco ancora. In una squadretta senza pretese, ovvio». Fissa lo sguardo sulla strada. «Forse tra un paio d'anni mi proporrò come allenatore. Ormai credo che sia ora».

C'è una strana malinconia nella sua voce. Vorrei chiedere, ma poi non lo faccio. Siamo quasi arrivati al parcheggio, e non ho voglia di conversazioni tristi. Ho ritrovato il sorriso, voglio godermi questa sensazione ancora per un po'.

«Bene», annuncio mentre mi fermo. «Io ho la macchina qui. Grazie ancora per il tuo intervento di prima… Wow, sei stato meglio di Spiderman!».

Rido, e intanto gli tendo la mano.

Mi guarda. Odio quando non riesco a capire cosa passa per la testa di qualcuno.

Sento le sue dita chiudersi sulle mie, e all'improvviso mi attira a sé. Il cuore accelera i battiti. Sono quasi tentata di chiudere gli occhi. Percepisco il tocco delle sue labbra.

Tre baci.

Sulle guance.

Quasi scoppio a ridere per la mia stupidità, ma non posso impedirmi di provare un profondo senso di delusione. Serpeggia in fondo al mio stomaco, e vorrei quasi scappare.

Quando s'allontana il suo sorriso è ancora lì, sfrontato e sicuro di sé, a creare uno strano contrasto con lo sguardo indecifrabile.

«Domenica giochiamo in casa. Se sei libera, mi farebbe piacere». Poi, come per caso, aggiunge: «Tuo fratello s'è stufato da anni delle mie partite».

Sbatto le palpebre, mi sento stranamente ferita. In

pratica mi sta proponendo di rivederci, ma non devo parlarne a Brizio.

Annuisco. «Già. Vediamo. Non sono certa di poterci essere». Cerco di non usare un tono troppo freddo. Mi secca fargli capire che ci sono rimasta male, ma non posso fare a meno di dirigermi in fretta verso l'auto, senza voltarmi indietro, assecondando la voglia di fuggire.

2

Ambra

«Che stronzo!». Titti ride, e io non posso fare a meno di unirmi a lei.

«Giuro, mi ha detto che il locale non si chiamava "Al *Coccio*" per caso, e con che tono sussiegoso! Magari aveva anche ragione, però non mi aspettavo che mi portassero la birra in un bicchiere di terracotta e mi è venuto istintivo stupirmi», spiego.

«Ma sì, è lui che è stronzo», ripete con convinzione. «Piuttosto...». Fa una pausa a effetto. «Dimentichiamo Marcello. Che mi dici dell'altro tuo vicino di tavolo?».

Sbatto le palpebre e fingo di non capire, nella speranza che ci caschi. Non avviene, com'è ovvio. Alza gli occhi al cielo. «Lele. Non far finta di niente».

«Oh, lui». Simulo massima indifferenza, ma giocherello con i capelli che impiegano molto a ricrescere. Li voglio di nuovo lunghi: ho bisogno di un cambiamento.

Appollaiata sul mio letto, Tiziana raccoglie le gambe sotto di sé e mi guarda con un broncio simpatico. «Mi vuoi prendere in giro? L'atmosfera tra voi era carica d'elettricità. Non ti ho mai visto con un sorriso così».

Rido. «Fino a due mesi fa ero fidanzata. Avrò sorriso qualche volta».

Scrolla le spalle. «Non era proprio così. Comunque non tentare di cambiare argomento».

Lascio crollare la testa sul petto in un gesto teatrale. «Non è successo niente. Mi ha solo riaccompagnato alla macchina».

«Scusami, ma mi riesce difficile credere che Daniele non abbia fatto nemmeno una mossa. Neanche una? Ok, è un po' timido con le ragazze all'inizio, nonostante tutta la spavalderia che dimostra, ma di solito non si comporta così».

Uno strano senso di vuoto mi raggiunge lo stomaco. Non voglio sapere come si comporta *di solito*.

Distolgo lo sguardo, e Titti se ne accorge subito. «Intendevo dire... Be', non importa, dimmi cos'è successo».

«Niente», replico un po' più fiacca. «Mi ha solo chiesto se voglio andare alla partita oggi».

«Ah, ecco! Adesso iniziamo a ragionare».

«E», la interrompo, «mi ha fatto capire che Brizio non ne deve sapere nulla».

Alza le sopracciglia. «Be', mi sembra logico. Se venisse a saperlo lo ucciderebbe».

«Avanti!», sbuffo.

«No, dico sul serio. Ci sono cose che non immagini neppure di Fabri. Tu sei la sorella. Non puoi sapere tutto».

«Maggiore», specifico con finta serietà.

«Comunque mio fratello può star tranquillo. Non ci andrò».

Ha un'espressione sconvolta sul viso. «E perché?».

«Per un milione di motivi». Sbircio l'anta semiaperta dell'armadio. Mi sembra di aver visto sbucare la coda di Pantoufle. Dato che il pelo lungo ne raddoppia le dimensioni non dovrebbe essere in grado di sparire con tanta facilità. Eppure fa miracoli. «Perché non voglio nascondere nulla a mio fratello. Perché ha cinque anni in meno di me. Perché non mi va di frequentare un tizio che non se ne lascia scappare una».

«Mica ho detto che te lo devi sposare!», prorompe.

«Senti, non volevo darti un'impressione sbagliata. Lele è imprevedibile. Se mi chiedi quante probabilità hai di avere un futuro con lui, un figlio, e tutto quel che desideri, ti risponderò poche. Però è un bravo ragazzo. Non potresti andare a questa benedetta partita senza porti troppe domande?». Dà un'occhiata all'orologio. «Hai un sacco di tempo per prepararti».

«Dici che dovrei mettermi l'abito lungo? Il nero sarà adatto al basket?».

Schivo il cuscino che mi ha lanciato e ridacchio.

«Vorrei solo che ti vestissi in modo carino e ci andassi. Senti, erano due mesi che non ti vedevo ridere. Oggi sei una persona nuova».

Non rispondo.

«Qual è stato il tuo primo pensiero stamattina?», insiste.

La guardo, perplessa. «Non me lo ricordo. Come mai questa domanda?».

«Perché se ci rifletti ieri il tuo primo pensiero è stato certo Tommaso, così com'era stato l'ultimo prima di addormentarti. Mi sbaglio?».

Corrugo la fronte e mi tormento il labbro inferiore con i denti. Non sbaglia. Ma è difficile analizzare le mie emozioni. Ci sono momenti in cui mi lascio trasportare dall'euforia al pensiero di rivedere Daniele, e altri in cui mi prende un autentico senso di panico.

Mi chiedo se quegli occhi e quel sorriso valgano il rischio. E non so darmi una risposta.

È solo una partita. Giusto per fare qualcosa di diverso dal solito. Me lo ripeto più volte, nella speranza di arrivare a crederci.

Prima o poi.

Però i pantaloncini e la maglietta gli donano molto.

No, questo sarebbe stato meglio non pensarlo.

Mi sento ridicola, una ragazzina stupida che si fa venire il batticuore perché lui le rivolge un gran sorriso appena entrato in campo. Mai avrei immaginato di ritrovarmi in questa situazione. Non dopo il raggiungimento della maggiore età per lo meno. Ed è per questo che devo ripetermi in continuazione: *è solo una partita.*

Daniele gioca bene, meglio di quanto mi aspettassi. Non sono un'esperta, il basket ha fatto parte della mia vita solo per un paio d'anni, ma conosco abbastanza lo sport da capire che lui è a un altro livello rispetto al resto della squadra, che invece fa acqua da tutte le parti sia in difesa sia in attacco.

L'inizio della partita è travolgente. Daniele segna parecchi canestri, e ogni volta gira la testa a incrociare il mio sguardo. Il suo sorriso è mozzafiato, e mi scatena un volo di farfalle nello stomaco.

Poi però il ritmo rallenta, e la superiorità degli avversari si rivela schiacciante. Lo vedo diventare via via più nervoso, il suo viso si fa imbronciato, e le occhiate, ora fugaci, tradiscono un certo imbarazzo. Inizio a sentirmi a disagio. Forse venire qui non è stata una buona idea. Non sono neppure certa che avrà voglia di salutarmi al termine della partita.

Sospiro e penso a Titti. Accidenti a me, perché mi sono fatta convincere? Ma in fondo non posso incolparla. La scelta è stata mia, e so bene di non essere il tipo che prende un'iniziativa unicamente per compiacere qualcun altro.

Combatto la voglia di alzarmi e andar via fino al termine dell'ultimo quarto. La disfatta è totale.

Daniele mi rivolge un debole sorriso e si avvia verso gli spogliatoi, il viso cupo e accigliato.

Sospiro e scendo in fretta dalla tribuna. Andrò a casa e smetterò di pensarci. Forse avevo bisogno di ritrovarmi in questa situazione incresciosa per capire che mi stavo infilando in una storia insensata.

Sono giù di morale, più di quanto mi sarei potuta aspettare.

All'uscita del palazzetto vedo un uomo che tiene per mano una bambina, lei si volta e mi sorride. Ecco, questo è il genere di situazione a cui mi devo preparare: un figlio, un essere indifeso che dipende in tutto e per tutto da me, a partire dalle necessità più elementari. Non che sia più semplice da affrontare, ma di certo mi metterebbe al riparo da pericolosi contraccolpi emotivi.

Ne ho già avuti a sufficienza. È tempo di crescere e pensare in modo concreto al futuro, senza farsi trasportare da assurdi, infantili entusiasmi.

Appena metto piede nel parcheggio infilo la mano in borsa alla ricerca delle chiavi.

«Ehi!». Quel richiamo quasi gridato mi fa sussultare. Mi giro di scatto, il cuore in gola.

Daniele avanza di corsa verso di me, ancora in pantaloncini ma con il piumino, un sorriso tirato appiccicato al viso, e gli occhi così blu sotto la luce dei lampioni che quasi sembrano innaturali.

Abbasso le mani, come in segno di resa. Qualsiasi cosa mi stia succedendo non ho la forza di combatterla, non ancora, non in questo momento.

Riesco solo a guardarlo, e mi lascio risucchiare dall'intensità di quegli occhi.

Daniele

Ho fatto proprio una bella stronzata! Quando l'ho invitata non mi sono reso conto del rischio che comportava questa partita. Chiederle di venire ad assistere proprio quando giocavamo contro i secondi in classifica non è stata certo una grande idea. Proprio un bel modo di far colpo!
Mi sento un idiota, ed è difficile fingere disinvoltura davanti ai suoi occhi verde acqua che sembrano leggere ogni mio pensiero.
All'inizio ho pensato di lasciarla andare per evitarmi qualsiasi imbarazzo, ma poi non ho resistito all'impulso, mi sono buttato addosso il piumino e l'ho rincorsa.
I jeans e gli stivaletti bassi le stanno bene quanto gli abiti meno casual che indossava la sera del nostro incontro precedente. Questa donna è bella da far girare la testa. Logico che Brizio non accetti commenti su di lei, sarei geloso anch'io se fosse mia sorella.
Ma non lo è, e non riesco a impedirmi di provare un'attrazione insensata.
Mentre penso che mi sto cacciando in un enorme casino, continuo ad andare verso di lei, che mi aspetta immobile e un po' sorpresa in mezzo al

parcheggio, le mani abbassate lungo i fianchi con naturalezza. Accidenti, persino il suo dito mignolo è sexy da impazzire!

Mi sforzo di sorriderle, e lei ricambia con un po' di esitazione.

Appena la raggiungo mi stringo nelle spalle. «Mi spiace, la partita è stata un vero schifo. Non mi aspettavo un disastro del genere».

Lei scrolla la testa e scuote i capelli biondi che le sfiorano le spalle. «C'era un grosso scarto di punteggio, ma tu hai giocato davvero bene. Non hai nulla da rimproverarti secondo me. Sei bravo».

Le sue parole mi fanno sentire un po' meglio. «Sì, parecchi anni fa ero in A2 e si diceva che delle squadre di A fossero interessate a me. Poi però ho avuto un paio d'infortuni e…». Scrollo le spalle come se la delusione più grande della mia vita fosse un fatto privo d'importanza. «Insomma, sono un professionista mancato». Dichiararlo rinnova il dolore.

Lei incrocia le braccia sul petto. Mi sembra sul punto di replicare qualcosa, ma poi non lo fa. E le sono grato per questo. Non ho bisogno di commiserazione, ho passato anche troppi anni ad autocompatirmi prima di accettare che la questione basket per me fosse chiusa in maniera definitiva.

«Quindi… tu sei una sportiva. O ti piace solo vedere un amico perdere?».

Ride, ed è un suono così bello che lo accoglierei sulle mie labbra con un bacio.

Intreccia le mani e le volta con i palmi all'ingiù, un gesto che le ho già visto compiere e che, a quanto pare, le è abituale. «Diciamo che sono stata una sportiva fino a qualche anno fa, prima di dedicarmi quasi del tutto alla carriera. Adesso al massimo vado in palestra, un paio d'ore a settimana. E… no, non provo una particolare soddisfazione nel vedere un amico perdere. Però, insomma, non si può vincere sempre».

Mi chiedo se stia ancora parlando di sport o se si riferisca a qualcos'altro, perché ha lo sguardo lontano, perso dietro a un ricordo, ma si riprende subito. «Ora però c'è una cosa che vorrei chiederti, anche se so di averlo già fatto l'altra volta. Scusa, non hai freddo?».

Indica i miei pantaloncini con il dito sottile. Ridacchio e raddrizzo la schiena. «No, affatto. Sono un tipo caloroso, te l'ho detto». In realtà sto gelando, ma devo pur darmi un contegno dopo la figuraccia rimediata sul campo. È patetico, lo so. Ho paura che una mossa sbagliata, una qualsiasi, la faccia fuggire a gambe levate. E qualcosa dentro di me grida che non voglio.

Simula un brivido, e appaiono delle minuscole rughe d'espressione agli angoli dei suoi occhi divertiti. Vorrei sfiorarle, ma mi fermo in tempo. Mi limito ad avvicinarmi un po' di più.

«Senti, ci riproviamo se ti va. Potremmo organizzare una serata al cinema. Non sceglieremo il film più brutto in programmazione negli ultimi dieci anni, no?».

Sorride. «Un po' di rischio c'è, ma possiamo anche correrlo».

«D'accordo, allora lasciami il tuo numero».

«Okay, così rientri e non rischi di perdere l'uso delle gambe». Alza le sopracciglia, e ciò mi dà conferma di come intuisca, se non tutto, molto di quello che mi passa per la testa. Questa ragazza è un rischio. Mi sento messo a nudo davanti a lei, come se non potessi nasconderle nulla. È una sensazione che fa paura.

Mi schiarisco la gola, di nuovo a disagio, e intanto segno il suo numero in rubrica.

«Bene», conclude, mentre ripesca le chiavi dalla borsetta. «Allora ci sentiamo. Ti auguro una buona serata».

Noto che non mi chiede di lasciarle il mio. Fa un passo indietro, pronta a salire in auto. L'istinto prende il sopravvento, le poso una mano sulla spalla, e quando si volta con espressione interrogativa, la bacio.

La sento reagire con un piccolo sussulto. Sono pronto a lasciarla andare se non vuole, ma poi le sue labbra si muovono sulle mie. Sono morbide, e non hanno traccia di rossetto. Posso sentire il suo sapore per com'è davvero, dolce e femminile.

Un'ondata di desiderio mi travolge. Devo frenarmi se non voglio spaventarla.

La bacio piano, con le sole labbra, senza badare al freddo che mi paralizza le gambe. Mi risponde con spontaneità, e ogni movimento sembra armonizzarsi benissimo ai miei. È un momento perfetto, denso di sensazioni che rischiano di portarmi a fare qualcosa che non dovrei.

Fermati, Lele. Rallenta. Lei non è una che hai rimorchiato in un bar qualsiasi.

Se le manchi di rispetto Brizio vorrà la tua testa.

Mi ritraggo a malincuore, e la lascio a labbra socchiuse, come se mi stesse chiedendo qualcosa di più.

No, non posso. Io sono un rischio che non puoi permetterti di correre, Ambra. Non ho controllo sul mio cuore.

«Ciao», sussurra, e io la saluto con la mano alzata.

La guardo salire sulla sua grossa C-HR, e penso che non potrei permettermi quell'auto nemmeno se lavorassi venti ore al giorno per dieci anni.

Di colpo tutto mi sembra una pessima idea.

Ambra

Mi ha baciato.

A ripensarci ora, sdraiata sul letto con Pantoufle accoccolata sulla mia pancia, sembra un gesto d'inaudita sfacciataggine.

Non si bacia una donna la seconda volta che la vedi, specie se è più grande di te.

Però nel momento in cui lo faceva mi è sembrato giusto e naturale.

Mi do mentalmente dell'ipocrita. Lui mi ha baciato e io ho risposto al bacio.

Tutto qua.

Avrei potuto respingerlo, non mi stava forzando in alcuna maniera. Il tocco delle sue labbra è stato lieve e delicato. Anzi, per un attimo ho sperato che si spingesse oltre. Avrei voluto assaggiare per intero la sua bocca.

Mi volto per mettermi prona, e odo il verso infastidito di Pantoufle, che si è ritrovata sbalzata via dalla mia pancia.

«Scusa, piccina». Senza alzare la faccia affondata nel cuscino, allungo la mano e le gratto il mento con affetto. Soddisfatta, la gattina mi si sdraia contro il fianco.

Mi sento strana. Ho un volo di farfalle nello stomaco, e uno strano senso d'angoscia che mi serra la gola.

Avrei dovuto chiedergli di darmi il suo numero? Sì, probabile. Forse sarebbe stato un indizio d'interesse e l'avrebbe spinto a contattarmi prima. Ma io non sono affatto certa di volerlo rivedere. Da qualsiasi lato la guardi questa storia si presenta come impossibile.

Non funzionerebbe mai.

E non mi darebbe quello che davvero desidero.

Eppure il pensiero di non rivedere più quegli occhi mi sembra insopportabile.

Con un gemito di frustrazione mi metto il cuscino sopra la testa.

Il suono del messaggio WhatsApp mi giunge attutito, ma lo sento comunque. Butto il cuscino, e Pantoufle, da un lato, e afferro il telefono.

Il numero non è nella mia lista contatti. Apro comunque l'app e leggo poche parole: *"Solo per augurarti la buonanotte. E comunque questo è il mio numero, nel caso t'interessasse risentirmi"*.

Sorrido. A quanto pare ha davvero pensato che non m'importasse, ma mi ha scritto lo stesso.

Mi sento un po' più leggera e gli rispondo in fretta: *"Buonanotte a te. Allora ci sentiamo presto per il cinema"*.

Non so perché gli sto dicendo di volere un appuntamento, quando il buonsenso e la logica indicano il contrario.

In passato non mi sono lasciata spesso andare all'istinto, eppure stavolta sembra la cosa giusta da fare. Ho la sensazione di voler semplicemente vivere. E Daniele per me ora rappresenta uno slancio alla vita.

3

Ambra

"Pizza e birra? Però cambiamo almeno paese. Sono stufo di questo buco".

Mostro il messaggio a Titti. Lei inarca le sopracciglia. «Be', almeno non è uno che ti fa aspettare prima di chiederti un appuntamento. Quante volte ti ha scritto in questi giorni?».

«Tante», ammetto, ma non sono certa che sia una buona cosa. Quando parlo di lui con Tiziana ho sempre la sensazione che non possa dirne molto bene e che al tempo stesso non voglia parlarne male.

Mi sono sempre ritenuta brava a giudicare il comportamento delle persone nei miei confronti, ma dopo la recente esperienza con Tommaso inizio a pensare che la mia capacità intuitiva stia perdendo colpi.

«Niente cinema, sembra. E perché non qui?», chiedo alla mia amica in tono perplesso e forse un po' tormentato.

Sbuffa. «Boh! Cosa te ne frega dopotutto? Esci, fai

un giro e torni a casa. Non ci vedo nulla di male».

Io forse sì, ma evito di dirlo. Potrebbe aver ragione e io potrei ormai essere una pazza paranoica.

Accetterò. Uscirò e gli permetterò di baciarmi ancora. In effetti non vedo l'ora. Le sue labbra mi sono mancate più di quanto credessi. Mi è persino capitato di sognare quel bacio. Ora però il ricordo del suo calore e di quella sensazione così totalizzante sta svanendo.

Se aspetto ancora sono certa che prevarrà la mia parte razionale e mi tirerò fuori da questa storia assurda senza darmi spazio per alcun ripensamento. Ma la verità è che non sono pronta a rinunciare a lui. Non senza averlo vissuto, almeno per una volta. Cerco di cambiare argomento: «Titti, sai che ho un altro corteggiatore? C'è un nuovo direttore marketing da noi. È separato, ma non ha figli».

Suscito subito il suo interesse. «E, sentiamo, com'è?».

«Be'…». Cerco le parole adatte. «Ha qualche anno in più di me. Alto. Non è proprio il mio tipo, ma è gentile e ha un aspetto gradevole».

Alza gli occhi al cielo. «*Gradevole*?». L'enfasi ironica che mette sulla parola mi fa scoppiare a ridere. So che è una fan della passione stile serie tv, e non provo nemmeno a insistere sulla necessità di qualcosa in più in un rapporto a due. A ventinove anni anch'io vedevo tutto in modo molto diverso.

Adesso invece mi sento… Non lo so, forse semplicemente presa dal panico, lacerata tra quel che vorrei e quel che dovrei volere.

«Non importa», annuncio risoluta. «Ci andrò e prenderò quel che viene, ma sarà l'ultima volta».

Voglio viverla fino in fondo, fosse anche un'unica notte di sesso. Sono stufa di fare la santarellina e tirare in là le cose fino all'ottantesimo appuntamento. Sono stata lasciata dopo anni di fidanzamento, e con Tommaso avevo seguito alla lettera tutte le regole della perfetta brava ragazza.

Quella non sono io. Non più almeno.

Ho raggiunto una posizione lavorativa di tutto rispetto con fatica e determinazione. Ci sono riuscita perché sono brava e m'impegno molto. Sono sempre stata corretta con le persone che dipendono da me, ma la moralità non c'entra in questo. Sono due cose diverse.

Posso essere corretta anche con Lele senza bisogno di seguire alla lettera tutte le regole dell'etica convenzionale.

Sarebbe inutile trascinare in là le cose con lui. Se non ci sarà un futuro, tanto vale vivere il presente.

Dopotutto mi è stata data in dotazione una sola vita.

Daniele

Scuoto il capo mentre guardo Ambra sporgersi dalla portiera. Ride, e gli occhi le brillano divertiti.
«Oh, avanti! Adesso perché dovrebbe essere un problema se guido io? Sono cinque o sei chilometri da qui al locale. Non ti fidi neppure così?»
Inclino la testa di lato. «Non è che proprio non mi fidi. Solo… non ci sono abituato».
Sbuffa. «Ma quella strada è piena di buche. Con la mia macchina almeno evitiamo di arrivare frullati».
Sbircio il suo SUV lucido e poi la mia vecchia utilitaria logorata dall'uso. Sono uno di fianco all'altra nel parcheggio della pizzeria che stiamo per lasciare, e il confronto è impietoso.
Forse si vergogna a farsi vedere in giro su quel catorcio?
Se così fosse non potrei biasimarla. Indossa un paio di jeans attillati e scarpe grigie che costano quanto tutto il mio ultimo stipendio, che per inciso ho preso circa sei mesi fa.
Che diavolo ci farebbe una come lei sulla mia caffettiera?
È una constatazione triste, che si aggiunge alla lunga serie collezionata da quando la conosco. Eppure non riesco a lasciarla andare.

Incrocio le braccia sul petto. Non voglio umiliarla, ma non mi va neppure di dargliela vinta su tutta la linea. Perché poi quello umiliato finirei per essere io.

«Compromesso: andiamo con la tua, ma guido io».

Alza gli occhi al cielo. «Va bene, maschilista, facciamo come vuoi. Comunque sappi che ho la patente da più tempo di te e non ho mai fatto nemmeno un graffietto a un'auto».

Sorrido e mi arrampico al volante mentre lei scivola sul sedile del passeggero. Metto in moto, poi la guardo. «E tu sappi che non sono un maschilista. Volevo solo provare la C-HR».

Sbuffa di nuovo, e si mette comoda contro lo schienale, un braccio appoggiato contro il finestrino. Riesce a essere sexy qualsiasi cosa faccia. Ha fascino, stile e una sensualità naturale che mi attrae come una calamita.

Ed è decisamente fuori dalla mia portata.

Rendermene di nuovo conto mi dà un brivido. Forse la voglio così tanto proprio perché per me è irraggiungibile.

«Non te l'ho mai chiesto», riprende dopo qualche minuto di silenzio. «Cosa fai di bello nella vita?».

Ecco infine la fatidica domanda che riporterà anche lei con i piedi per terra.

Mi schiarisco la voce e cerco di non sembrare troppo imbarazzato. «Ho studiato per diventare grafico pubblicitario, ma finora sono riuscito a farmi assumere con quell'incarico solo un paio di volte. Per lo più trovo lavori da magazziniere. L'ultimo contratto mi è scaduto da qualche mese».

Mi rivolge un'occhiata, poi fissa la strada. Non riesco a capire a cosa stia pensando. C'è una sorta di barriera, come se avesse alzato un muro contro il mondo. «Forse dovresti provare ad aprirti uno studio».

Scoppio in una risata tesa. «Come se non servissero un sacco di soldi per promuoversi. No, grazie, non me lo posso permettere. Comunque non ti preoccupare, a trovarmi un lavoro ci penso io».

Tanto vale che lo sappia subito.

Lei mi guarda, e un lampo le passa negli occhi. Sembra ferita, forse arrabbiata… o forse è solo delusione.

«E tu invece cosa fai?», chiedo per cercare di rimediare. Mancava solo che riuscissi a creare tensione al primo appuntamento.

Il cuore accelera i battiti, non volevo quell'atmosfera angosciante. Desidererei cancellarla con un colpo di spugna.

Ambra torna a guardare fuori dal parabrezza. «Mi occupo di contabilità».

«Fatture? Hai studiato ragioneria?».

«Economia e commercio. Responsabile della contabilità». Lo dice in tono pratico, senza particolare enfasi.

Ovvio.

Sempre più al di là della mia portata.

Stringo le mani sul volante. Aveva ragione sulle buche: il SUV scivola via come l'olio e noi stiamo seduti in tutta comodità. La guardo di sottecchi, nervoso. È impassibile.

«Come mai un'auto così grande?», chiedo, ansioso di cambiare argomento.

Tamburella con le dita sulla borsetta prima di rispondere: «L'ho scelta insieme al mio ex-compagno. Lavora come avvocato in una zona centrale di Milano, quindi s'è preso una macchina facile da parcheggiare. Quando poi ho cambiato la mia abbiamo considerato che in genere ci spostavamo in auto per le vacanze e per il fine settimana, quindi serviva qualcosa di comodo anche per i viaggi lunghi». Mi guarda. «Lui voleva un pick-up, ma mi sono rifiutata. Non vado in giro con un camion».

Annuisco. Avvocato, studio in centro a Milano, pick-up: sembra la persona adatta a lei. Le parole mi sfuggono di bocca prima che possa fermarle: «Come mai vi siete lasciati?».

Il modo in cui stringe le labbra mi fa capire che ho posto la domanda sbagliata. Mi fissa, quasi in un gesto di sfida. «Vorrei saperlo, visto che se n'è andato dall'oggi al domani. Immagino che ci sia qualcun'altra, ma non mi è stata concessa la possibilità di averne certezza».

Sputa le parole con rabbia autentica. E così scopro che è dannatamente orgogliosa. Bene, abbiamo una cosa in comune, dopotutto. Quella sbagliata.

Lei resta in silenzio e io non so cosa fare per sollevare la pesante coltre di tensione che è calata su di noi. Mi schiaccia.

Noto uno slargo e una macchia d'alberi sul lato della strada. Con una brusca sterzata m'infilo tra le piante e mi fermo senza spegnere il motore.

«Cosa fai?», chiede con una nota allarmata nella voce. Almeno sono riuscito a sorprenderla stavolta.

Le sorrido. «Mi sembrava che ci servisse un break».

Mi sporgo e le metto le mani intorno al viso per attirarla a me. Non vedevo l'ora di baciare di nuovo quella bocca.

Come l'altra volta, lei s'irrigidisce al primo tocco delle mie labbra, ma non si ritrae. Devo andarci piano, o fuggirà. La sfioro con tocchi lievi, per spingerla a rilassarsi. Voglio godermi con calma la morbidezza di quelle labbra, e il sapore delicato della sua bocca perfetta.

Mi risponde con titubanza, come se volesse saggiare il mio gusto insieme alle intenzioni. Poi prende lentamente confidenza, posa le mani sulle mie, si sporge e aumenta il contatto, la pressione. Quando mi morde con delicatezza il labbro inferiore sento che sto per perdere la ragione.

Il modo in cui i nostri corpi comunicano mi dà un senso di calore, che non è solo passione, ma trasporto e desiderio di conoscerla in tutto e per tutto. Quel che siamo insieme sembra… giusto. I dubbi svaniscono in un istante.

Sposto i palmi sulla sua schiena e l'attiro verso di me, mentre con la lingua le percorro la linea d'unione tra le labbra, in una disperata richiesta di accesso.

Me lo concede, e la sua bocca si apre ad accogliermi. La sensazione è così inebriante che quasi abbandono ogni proposito di procedere con calma. Mi fermo un istante per mantenere un minimo di autocontrollo, poi riprendo a sfiorarle la lingua con la mia in una danza lenta e deliberata.

Sento il suo calore sotto le dita e fatico a tener ferme le mani.

Calma, Lele, calma. Volevi solo interrompere un momento di tensione, non puoi saltarle addosso in mezzo a una strada come un quindicenne che non sa tenere a bada gli ormoni.

Eppure non è questo. C'è molto di più nel contatto dei nostri corpi. C'è una gioia pura che cancella per un attimo la paura.

Ambra mi mette il palmo sul retro del collo per tenermi fermo, sento i suoi denti che mi lambiscono le labbra, come se stesse per divorarmi. È un gesto possessivo, oltre che passionale, e non credo che lei se ne renda conto. Scende con le dita lungo lo scollo del mio maglione, a trovare la pelle sensibile alla base della gola.

Non posso trattenere un gemito, mi sporgo di più sul suo sedile e le mie mani iniziano un'esplorazione frenetica di quel corpo ancora celato dal cappotto. Ho bisogno di sentire il suo calore. Le tocco i fianchi, la vita, l'addome piatto, e mi fermo a un centimetro dal seno che si alza e si abbassa ansante. Mi manca la certezza di potermi spingere oltre, e so bene quel che sto rischiando. Allora mi ritraggo appena per poterla guardare negli occhi: quel che vi leggo mi dà i brividi. Quelle iridi chiarissime sono colme di passione, desiderio e curiosità, accese da una luce che toglie il fiato. C'è un'intensità estrema sul suo volto, un trasporto che minaccia di spingerci entrambi nell'abisso.

Le passo le labbra sul collo in una carezza disperata. S'inarca per venirmi incontro, per accogliere il bisogno che ho di lei. Le mie mani salgono, e si chiudono sui seni, per stringerli in un tocco urgente. La sua corporatura snella nasconde una formosità che mi stupisce e m'infiamma i sensi e l'anima.

La sento gemere, e il suo respiro si fa più irregolare.

«Sei bellissima», le soffio sul collo dalla pelle bianca e liscia.

Il suo palmo scorre sotto il mio maglione, a cercare

la pelle nuda della schiena e ad attirarmi a sé. Sposto la mano verso il calore della sua intimità, anche troppo consapevole di quel che sto facendo, dell'intensità delle percezioni.

La sento irrigidirsi all'improvviso, e mi blocco. Il coinvolgimento resta inalterato, ma ho di nuovo il controllo.

Mi tiro indietro e la guardo negli occhi: li trovo sbarrati in un'espressione di sgomento di cui non comprendo la causa.

«Vuoi fermarti?», chiedo, la voce ancora arrochita dal desiderio.

Annuisce, benché le legga negli occhi che anche per lei non è abbastanza.

Non la capisco, ma accetto le sue regole senza discuterle. Qualcosa è andato storto, e devo farmene una ragione.

Riprendo il volante e tolgo il freno a mano.

«Vuoi ancora andare a bere qualcosa o preferisci tornare a casa?».

«Riportami alla tua macchina per favore. Sono parecchio stanca».

Annuisco e torniamo in silenzio alla pizzeria. La strada sembra eterna eppure al tempo stesso troppo breve.

Non voglio lasciare che se ne vada così, ma non ho idea di come rimediare. Odio l'idea che sparisca dalla mia vita in quel modo, magari per uno stupido errore che non ho neppure capito di aver commesso.

Scendo, e aspetto che si rimetta al posto di guida, però non chiudo la portiera.

Me ne sto lì come un idiota, a guardarla mentre regola il sedile e gli specchietti. Poi i nostri occhi s'incrociano e il cuore mi balza in gola. È il momento di fare qualcosa.

«Se ho sbagliato ti dico fin da ora che mi dispiace. Non volevo mancarti di rispetto».

Appoggia il capo di lato sul sedile. «Non hai fatto niente di male. Sono io che non mi sento pronta ad andare oltre. Credevo di esserlo, ma non è così».

Come può essere così seducente mentre, in pratica, mi sta dando il benservito?

4

Ambra

Lancio il telefono sulla scrivania, e Pantoufle mi guarda dallo sfondo del cellulare, indignata anche in foto.

Non si è fatto più sentire.

Gli ho mandato un messaggio ormai dieci giorni fa, e non si è neppure degnato di rispondermi.

Anche lo sfogo avuto con Tiziana ieri sera non è servito a farmi star meglio. Mordicchio la penna, nervosa, mentre gioco a spingermi avanti e indietro sulla sedia.

So bene che è meglio così, perché quella storia non era destinata a portarmi da nessuna parte, eppure al tempo stesso mi dispiace non aver sfruttato neppure l'occasione di avere… diciamo, una conoscenza più approfondita. Sono stata io a tirarmi indietro, e non so nemmeno perché l'ho fatto. Ho avuto paura, ecco tutto.

Ripenso al modo in cui mi ha posato le mani sul viso, alla luce nei suoi occhi di un blu così scuro, quasi neri nella semioscurità. C'era emozione vera in quello sguardo, l'ho sentita trasmettere una vibrazione intensa al mio corpo. E forse è stato quello a spaventarmi, più che l'idea di fare sesso in sé. Eppure ora muoio dal desiderio di crogiolarmi ancora in quella sensazione bella e terrificante.

Mi riscuoto. No, non va bene. Di certo è solo rabbia, non mi può importare davvero di un tizio che ho appena conosciuto. Soprattutto viste le premesse.

Titti al telefono l'ha detto chiaro: Daniele ha preso molte batoste prima d'iniziare a restituirle. Con lui non posso aspettarmi altro che qualche uscita e un po' di sesso. Potrebbe starmi bene, se fosse una storia semplice; ma se devo arrabbiarmi in continuazione con un cellulare che non squilla, allora mi sento molto più a mio agio nel mio mondo fatto di gatti e lavoro.

Ho ancora una pila di documenti da controllare, ma mi serve un break. Fermarsi dieci minuti prima della pausa pranzo in fondo non è un delitto. In cerca di una distrazione, mi alzo e sollevo la tenda sulla vetrata che delimita il mio ufficio. Dal fondo del corridoio vedo sbucare Ettore, il nostro direttore marketing, che si dirige baldanzoso nella mia direzione. Senza dubbio per invitarmi a pranzare insieme.

Riprendo il cellulare, apro la chat con Tiziana e registro in fretta un messaggio vocale:

«Quella cosa del chiodo scaccia chiodo è una gran stronzata, lo sai?»

Daniele

Ansimo e mi appoggio al portone chiuso, nel disperato tentativo di ritrovare il fiato. Brizio ride, ma deve mettersi accucciato, le gambe non sembrano reggerlo.

«Ricordati che si apre verso l'interno. Se esce qualcuno gli salti in braccio».

Rido anch'io, anche se mi manca ancora il respiro. Un giro di corsa al parco con lui si trasforma in un'immancabile sfida all'ultimo sangue. Siamo stati fuori mezzora e adesso siamo devastati come se avessimo partecipato alla maratona di New York.

«Come va con la ragazza che hai conosciuto a Milano?».

Scrollo le spalle e lui alza gli occhi al cielo.

Lo guardo in quelle iridi che mi ricordano anche troppo quelle di Ambra, e non riesco a fare a meno di chiedere: «E come sta tua sorella?».

Fa una smorfia. «In procinto di mettersi con un altro stronzo, immagino».

Ho un tuffo al cuore. Possibile che sappia? Lo studio per un attimo. No, Brizio non è tipo da fingersi tranquillo se ha qualcosa sullo stomaco. E di certo la mia uscita con sua sorella sarebbe il genere di notizia che lo farebbe piombare a casa mia a qualsiasi ora del giorno e della notte.

Il senso di colpa che mi ha tormentato per oltre una settimana riemerge, sempre più acuto. Conosco bene il mio problema con le donne, quella tendenza a fuggire non appena mi accorgo che dall'altra parte ci si aspetta qualcosa di più. Come potrei rischiare di ferire Ambra? Significherebbe di riflesso ferire anche Fabrizio. Forse con le ragazze non sono stato molto leale negli ultimi anni, ma con gli amici sì. Per loro sono sempre stato disposto a dare il massimo, come loro per me.

«E cosa te lo fa pensare?». Mi sforzo di mantenere un tono il più possibile neutro.

Brizio sospira, il bel profilo rivolto alla casa dei genitori che, come me, non ha ancora lasciato. «L'altro giorno ha portato la macchina dal meccanico per il tagliando, quindi sono passato a prenderla al lavoro. L'ho trovata a parlare con un idiota incravattato che faceva la ruota come un pavone».

Bene. Ora sì che ho il cuore in fondo allo stomaco. Deglutisco a fatica. Per fortuna Brizio non mi sta guardando, ma so di dover dire qualcosa, perché finirebbe per accorgersi che ho una voglia immensa di prendere a pugni il muro.

«Be', ma il fatto che indossi un abito elegante non ne fa automaticamente un idiota». Simulo un tono leggero, ma le parole mi pesano come macigni sulla lingua.

Lui sembra frustrato. «Il vestito forse no, ma la sua faccia parla da sola, credimi. Altro Tommaso all'orizzonte, si salvi chi può. Quelli funzionano con una donna che gli lascia decidere anche il colore del reggiseno di pizzo, non con una come mia sorella. Una che vuole avere voce in capitolo su tutto, alla lunga, li spaventa e li stufa. Storia già vista. Punto».

Ripenso al modo in cui Ambra ha insistito per muoversi con il suo SUV e capisco bene cosa intenda. Di colpo sento emergere con prepotenza il bisogno disperato delle sue labbra che mi sono negato finora. Voglio baciarla ancora, fosse anche solo per una volta. Ma forse qualcuno ha già preso il mio posto su quella bocca.

«Ehi, tutto bene?». La voce preoccupata di Brizio mi fa trasalire. Ingoio il nodo alla gola e mi sforzo di sorridergli.

«Certo, benissimo. Solo un po' spompato per la corsa. Ho bisogno di una bella doccia».

La sua espressione resta perplessa, mentre replica: «A chi lo dici».

Mi allontano in fretta, con la sensazione del suo sguardo sulla schiena. Resisto fino a girare l'angolo, ma poi devo tirar fuori il cellulare.

Un messaggio. Uno solo. Questo era tutto l'impegno che aveva messo nel cercarmi. Io prima d'invitarla a uscire le avevo scritto tutte le sere, e a volte anche durante il giorno. L'avevo riempita di attenzioni.

Come ho potuto essere così cretino da credere di poterla ferire, io che per lei sono una specie di sassolino nella scarpa.

Va bene, Ambra, facciamo a modo tuo. Così nessuno ci resterà male, nemmeno Brizio.

Digito in fretta. *"Scusami, questa settimana ero preso dai colloqui e un po' demoralizzato per i continui buchi nell'acqua"*.

Non mi risponde subito. Ho il tempo di tornare a casa e salutare mia madre già ai fornelli, prima di sentire il suono familiare del cellulare.

"Non fa niente".

Tutto qua? E cosa dovrebbe significare? Non posso chiederle se ha un altro, ma non voglio neppure mollare così.

"Ti va se ci vediamo stasera? So che domani lavori. Non faremo tardi".

Attendo qualche minuto, poi mi rassegno ed entro sotto il getto caldo della doccia. La sensazione piacevole non cancella il senso d'angoscia che la conversazione con Brizio mi ha lasciato. Chi diavolo era il tizio con cui parlava al lavoro? Suo fratello sembrava sicuro che ci fosse qualcosa in corso. Non ho idea di che faccia abbia, ma gliela spaccherei più che volentieri.

Il messaggio arriva quando sto per accendere il

phon:

"Okay".

Una sola parola, che sembra fatta di pietra. Da una parte mi sento sollevato, dall'altra temo le spiegazioni che senz'altro pretenderà. Detesto dovermi giustificare con una donna, mi fa sentire sporco anche quando non ho fatto nulla.

5

Daniele

Passare ore insieme nel buio locale di periferia è stato più piacevole di quello che mi aspettassi. Sono arrivato a capirla un po' meglio, almeno per gli aspetti più superficiali: la passione per i gatti, l'amore per viaggi e vacanze avventurose, gli anni passati all'ombra dei colleghi maschi e la sua voglia di rivalsa.

Determinata e tenace, ha lottato per tenere una trovatella nonostante l'ex-compagno non amasse i felini, e la stessa incrollabile ostinazione ha messo nella carriera, disposta a cambiare più volte azienda pur di trovare un ambiente che sapesse apprezzare le sue capacità.

Parlare con lei mi fa pensare che la mia sfortuna e la mia mancanza di opportunità dipendano solo da me. Forse non ci ho creduto fino in fondo, forse non mi sono rialzato con sufficiente determinazione dopo che sono finito con la faccia nella polvere. La ammiro. E questo è un sentimento che non potrei negare nemmeno se lo volessi.

Credevo che mi chiedesse il vero motivo della mia scomparsa durata quasi dieci giorni. Non l'ha fatto.

Vorrei domandarle dell'uomo con cui l'ha vista Brizio, ma non riesco a farmi uscire le parole di bocca.

Mi spiazza.

E questo mi scatena dentro un vero terrore.

Forse con lei fuggirò ben prima che le cose si mettano male, prima che mi chieda di darle quella stabilità emotiva a cui di solito le ragazze aspirano. Le ragazze. Di solito. Ma Ambra? Lei è un mistero insondabile a cui non trovo soluzione.

Ogni volta che mi aspetto una certa risposta, un comportamento standard, lei fa e dice l'esatto opposto. Lasciandomi sempre appeso a un filo.

Mi attrae e mi respinge, in un gioco crudele che minaccia di farmi impazzire, e mi obbliga a rincorrerla.

Quando imbocco una stradina laterale e spengo i fari, mi guarda con un sorriso che è un invito. Mi sporgo a reclinare il suo sedile, e lei urta la portiera con il gomito mentre alza il braccio per accarezzarmi i capelli. Sto per chiederle se si sia fatta male, ma scoppia in una risata irrefrenabile. Ride di vero gusto, e fatica a controllarsi. È un moto così contagioso che dopo un attimo sto ridacchiando anch'io.

Da quanto tempo non fa certe cose in macchina?

Specie in un microbo di auto come la mia?
Forse avrei dovuto lasciarle prendere lo stramale-
detto SUV anche stavolta, invece d'insistere perché
lo lasciasse in un parcheggio.

Ambra

Santo cielo, da quanto tempo non mi ritrovavo rinchiusa in una scatoletta, a districarmi tra il cambio e il cruscotto per cercare di mettere le mani addosso a un ragazzo?
Forse la mia risata è del tutto inopportuna, ma mi sembra di essere tornata indietro ai primi anni dell'università.
E, incredibilmente, mi piace.
Smetto di ridere, resto sdraiata lì, e i nostri guardi s'incrociano. C'è un'intensità tra noi che non provavo da tempo. Forse con Tommaso era stato così all'inizio, ma il ricordo dei miei primi momenti con lui è sfumato, e adesso non ha alcuna importanza. Le memorie svaniscono per far posto al presente.
Le sue dita mi sfiorano la guancia. Sono calde e delicate. Mi appoggio contro quella mano che mi dona sensazioni gradevoli. Percepisco il tocco della sua bocca sul collo, e cedo al piacere di quei gesti intimi.
La paura è svanita, come se una settimana di lontananza avesse operato su di me uno strano incantesimo. Voglio solo perdermi in quel momento colmo di passione e tenerezza, perdermi nel suo sguardo che sembra emanare calore.

Infilo il braccio sotto il suo giubbotto e gli circondo la schiena per attirarlo più vicino. Mi sfila il cappotto e lo getta sul sedile posteriore. Ora le sue mani mi percorrono tutto il corpo in carezze deliziose, e la bocca è sulla mia, esigente e bramosa.

Mi piace baciarlo. Sento un brivido scendermi lungo la spina dorsale a ogni tocco impetuoso della sua lingua. Ha labbra carnose e morbide, che mi donano splendide sensazioni mentre si muovono sulle mie.

Chiudo gli occhi, e mi abbandono alle percezioni che mi attraversano ogni fibra.

Quando mi sfiora il seno ancora coperto dalla maglia spingo il busto verso l'alto. Gli vado incontro.

Voglio di più, ancora non mi basta e non so aspettare. Allora gli afferro la mano e la faccio scivolare sotto l'orlo per spingerlo ad andare oltre.

Vedo i suoi occhi socchiudersi e annebbiarsi per il desiderio. Mi accarezza la pelle del ventre, sembra voler assaporare quel momento prima di osare di più. È come se omaggiasse il mio corpo.

Mi solleva la maglia sopra la testa e la toglie in un unico, rapido movimento, ma non prima di aver alzato la temperatura nell'auto.

«Voglio guardarti». Lo dice in tono di scusa. Gli tiro l'orlo del pullover per convincerlo a sfilarselo. Mi asseconda, ma subito ricomincia a divorarmi con gli occhi.

Il suo sguardo mi scotta.

Scruto il petto snello ma forte e scolpito, che mi colma di bruciante desiderio. È così perfetto da mettermi quasi in soggezione. Mi sembra troppo perfetto per essere reale.

Lo percorro con le mani e con la bocca, la pelle quasi glabra mi dona sensazioni intense. Geme, e getta la testa indietro. Poi riporta lo sguardo su di me, e libera i ganci del reggiseno. Restiamo così solo pochi secondi, poi mi ritrovo supina, il suo corpo che mi schiaccia contro il sedile e la bocca che mi esplora con passione, ma anche con una strana reverenza.

Mi sfugge un sospiro, e lui alza lo sguardo a incontrare il mio. Si stacca, e io gemo per la frustrazione. Sorride mentre mi sposta una ciocca di capelli dietro l'orecchio.

È così bello che potrei restare lì tutta la notte, ma al tempo stesso vorrei che si spingesse oltre. Mi sento trasportata al di fuori del mio stesso corpo.

«Ti prego», sussurro, e la mia voce è un ansito. Non mi ero resa conto di quanto accelerato fosse il mio respiro.

Lui non interrompe il contatto con i miei occhi, mentre termina di spogliare entrambi, poi li abbassa a contemplarmi. Non provo vergogna della mia nudità, non con lui e non in questo momento.

D'istinto allungo la mano e lo tocco. Spalanco gli

occhi, incredula della mia stessa audacia, ma è così bello, in ogni parte del suo corpo, che non so resistere al bisogno di sfiorarlo.

Anche lui pare sorpreso, ma ne approfitta per esplorarmi a sua volta. Socchiude le labbra e sospira.

«Sei bellissima», afferma, e la sua voce è ispessita da una passione che riflette la mia.

«Per favore», supplico.

Toglie una scatoletta dal cassettino del cruscotto. Contemplo ogni suo movimento, il modo in cui flette i muscoli del braccio e della spalla. Poi fa leva sulle mani e si sdraia sopra di me.

Restiamo lì per un interminabile minuto, e sono certa che anche lui percepisce quelle vibrazioni che colmano lo spazio tra i nostri corpi ancora separati. Gli sfioro il contorno del viso con le dita.

Si spinge piano dentro di me, con cautela. E io lo accolgo, travolta dalle sensazioni. M'inarco contro di lui, porto a contatto i nostri corpi nudi, e mi sfugge un «oh» che è puro piacere.

Daniele non ha chiuso gli occhi neppure per un istante.

Sembriamo nati per completarci alla perfezione. Ogni suo movimento mi spinge un po' più a fondo nel baratro della totale perdita di autocontrollo.

È così far l'amore con un uomo per la prima volta? Non ne ho memoria. Forse l'abitudine ottunde anche il ricordo dei primi, magici momenti insieme.

I miei gemiti si fondono con i suoi, e mi sembra di non averne mai abbastanza. Della sua carne nella mia, del suo corpo sotto i palmi.

Il culmine mi coglie quasi di sorpresa. Vorrei trattenerlo, far durare più a lungo quel momento, ma le sensazioni sono troppo travolgenti. Non posso aspettare. Mi sfugge un breve grido. Sento un suono aspro provenire dal fondo della sua gola, e capisco che anche lui ha raggiunto l'apice del piacere.

L'onda d'urto dell'orgasmo mi scuote ancora, anche dopo che le ultime deliziose vibrazioni hanno abbandonato i miei sensi.

Daniele crolla sul mio corpo, attento però a non caricare troppo peso su di me. Restiamo così, abbracciati, ancora uniti nell'atto che si è appena ultimato, le sue dita tra i miei capelli, le mie sulla parte bassa della sua schiena.

Dopo un lasso di tempo che non sono in grado di quantificare, sospira e si ritrae. «Dovremmo andare. Tu domani ti alzi presto».

Vorrei protestare che non è ancora poi così tardi, ma un'occhiata all'orologio sul cruscotto mi convince del contrario. Mi rivesto con un po' di rammarico.

Lo osservo mentre guida e chiacchiera del suo impegno con il basket. Non è stata solo la sua bellezza a rendere meravigliosa la mia prima volta con lui. C'erano una naturalezza e una passione tra noi che difficilmente potrò riprovare con qualcun altro. Non era stato così con Tommaso, né con nessun altro, ora ne sono certa.

Lo rivedrò?

Ripenso a quel che mi ha detto Titti di lui, e mi rendo conto che non ho modo di esserne certa.

Mi mordo il labbro, e un assurdo senso di nostalgia mi pervade anche ora che sono qui in auto con lui. Forse è davvero giunto il momento di dirgli addio, benché il senso di vuoto nel mio stomaco mi racconti tutta un'altra storia.

Prima di scendere lo saluto con quello che vorrebbe essere un rapido bacio sulle labbra, ma lui prende possesso della mia bocca, con impeto.

Quando riesco infine a staccarmi gli sorrido e mi volto per andarmene.

«Ti chiamo!», mi grida con il finestrino abbassato.

Annuisco, e m'infilo nel SUV.

«No», riprende lui prima che possa chiudere la portiera, «ti chiamo davvero. Non illuderti che non lo farò».

6

Daniele

Ho resistito otto ore nette, da quando l'ho salutata a quando, stamattina, le ho telefonato. Okay, c'è stato il messaggio della buonanotte ieri sera, ma quello non conta, erano solo poche parole.
Avrei voluto aspettare di più, per vedere se mi cercava lei. Non ho dubbi che sia stata bene con me quanto io lo sono stato con lei, ma vorrei che dimostrasse maggiore interesse. Mi pone pochissime domande personali, e se sono io a chiederle qualcosa devo strapparle le informazioni di bocca.
È come se si sforzasse di mantenere la conoscenza a un livello il più possibile superficiale. Arrivo a comprenderla più che altro dai gesti e dagli atteggiamenti, perché il suo viso e le sue parole tradiscono ben poco.
Non ho mai avuto un rapporto simile con nessuna. Di solito sono io che mi comporto in modo cortese e galante ma distaccato, per non illudere troppo chi si trova all'altro capo della corda. Eppure le mie storie recenti sono finite immancabilmente in tra-

gedia.

E con lei non ci riesco, per quanti sforzi compia.
Ho la sensazione che sotto il gelo di Ambra si celi
qualcosa di profondo di cui ancora non conosco la
natura. Lo vedo nelle poche risate spontanee che
mi ha regalato durante la nostra breve frequenta-
zione. C'è un aspetto di sé che non mi concede, ed
è la parte più importante di lei. Afferro il cellulare.
Ho voglia di sentire la sua voce.

«Ehilà, sei al lavoro?».

«Già, e oggi sembra che finirò per affogarci. Siamo
a fine mese e dobbiamo chiudere la contabilità di
tutti i settori».

Mi mordo il labbro. «Quindi… sarai troppo stanca
per uscire anche stasera?».

Resta in silenzio per qualche istante, ma quando
parla di nuovo mi sembra che la sua voce abbia più
colore. «Forse, ma proviamo a sentirci più tardi».

Non ti mollo, Ambra, non ancora. «Dài, dimmi di
sì. Prometto che rientreremo presto. Se mi dai l'in-
dirizzo passo a prenderti io».

«Presto tipo ieri sera?». Ha una nota divertita nel
tono.

«No, stavolta sul serio. Parola di lupetto».

Ride.

«Mi riesce difficile immaginarti con i pantaloncini
corti e il binocolo al collo».

«Mi sottovaluti. Sono un perfetto scout e anche un

notevole gentleman».

Sento ancora la sua risata.

«D'accordo», cede, «ma non rientriamo più tardi delle undici».

«Sul mio onore», recito, e riattacco.

Devo vedere Brizio dopo che sarà uscito dal lavoro. Andiamo di nuovo a correre. Non ho bisogno di allenamento aggiuntivo rispetto a quello standard con la squadra, ma mi piacciono le nostre sfide serali.

Ora però al solo pensiero di stargli accanto mi sento già opprimere da quel pesante senso di colpa. Come farò a guardarlo in faccia quando sabato ci ritroveremo tutti seduti a un tavolo per una pizza?

Forse il mio è un atteggiamento assurdo, ma sento che dovrei dirgli la verità. Ma come faccio a confessare di essere andato a letto con sua sorella?

So già che reagirebbe male. Ho avuto prove del suo senso di protezione nei confronti di lei in più di un'occasione. Parla molto spesso di Ambra. Negli anni quella ragazza che avevamo visto per l'ultima volta da bambini è diventata per tutti i suoi amici una sorta di figura mitologica, una dea intoccabile di sorprendente purezza e fragilità.

Trovarmi invece davanti una donna determinata e sensuale è stato una sorta di shock.

Ma non ho dubbi che Brizio non la veda affatto con i miei occhi. Titti sì, ma non lui.

Rifletto sulla possibilità che Tiziana sappia. Non posso esserne certo, ma lei e Ambra sono molto amiche, quindi è probabile che conosca parecchi dettagli su quanto successo finora. In ogni caso sono certo che non ne parlerebbe mai con il fidanzato, a meno che non capiti qualcosa di davvero grave.

Ho un brivido. Prego che non succeda mai qualcosa di tanto terribile da obbligarmi ad affrontare l'ira di Fabrizio.

Mi guardo nel grande specchio appeso sopra la mia scrivania, la stessa di quando ero adolescente.

Ad Ambra piaccio. Ai miei amici piaccio. E piaccio anche a molte donne. Ma a me stesso? Da quando, molti anni fa, ho lasciato che tutti i miei sogni s'infrangessero insieme a ginocchia e caviglie, ho scoperto di non piacermi più.

Ambra

Mi colgo a sbirciarmi allo specchio una volta di troppo. Accidenti alle zampe di gallina! Posso metterci qualsiasi cosa, ma appena rido, o se anche solo sorrido, si notano eccome.

Sospiro, e rivolgo la mia attenzione all'ora sul display del cellulare.

Nonostante le sue dichiarazioni ero certa che non l'avrei più sentito, ma ora che invece si è rifatto vivo scopro di essere un po' troppo in ansia e di avere un esagerato senso di vuoto allo stomaco.

So che è una storia condannata in partenza, ma è un pensiero che non ho quando sono con lui. Poi, appena resto sola, la realtà dei fatti mi travolge in tutta la sua violenza.

Quando siamo stati insieme, ieri sera, ero del tutto consapevole della mia totale nudità, eppure non mi sono mai sentita così a mio agio nel mostrarmi a un uomo.

È stato meraviglioso, soverchiante, forse anche più bello dell'atto sessuale in sé.

Volevo che lui mi guardasse. Il cuore mi rimbombava nelle orecchie mentre i suoi occhi si posavano su di me.

Il citofono suona, e io sobbalzo. Afferro il piumino

ed esco a passo di corsa dall'appartamento. Prima di scendere la sola rampa di scale che mi separa dal portone d'uscita, mi calmo.

Non voglio apparirgli ridicola.

Scorgo l'auto parcheggiata qualche metro indietro. Strano, eppure c'è posto anche di fronte a casa mia. Salgo, e sto per chiedergli spiegazioni, ma lui mi stoppa con un bacio. Sulla sua bocca calda e piena ogni pensiero svanisce.

Mentre parliamo del più e del meno prende una strada che porta fuori città.

«Dove andiamo? Sai che non voglio far tardi. Forse sarebbe meglio bere qualcosa al *White Shark* o alla *Bettola*».

Sorride. «Torneremo presto, promesso».

«O-ka-y».

Sono perplessa e resto in silenzio per il resto del tragitto, ma non posso fare a meno di sbirciare il suo bel profilo. Ho una voglia pazzesca di toccarlo.

Quando svolta in una stradina laterale capisco che ne avrò presto l'occasione.

Non era proprio quel che speravo però. Avrei voluto… Non lo so neppure io in effetti, ma devo prendere il controllo della situazione.

Gli metto una mano sul braccio. Lui ferma l'auto e mi scruta. Ha un'espressione quasi colpevole.

«Allora andiamo a casa mia», affermo, risoluta. Se le cose devono andare così tra noi voglio almeno star comoda, nel mio letto.

Allarga appena gli occhi. «Qualcuno potrebbe riconoscere l'auto parcheggiata».

Resto senza parole solo per un attimo. «Qualcuno… chi?». Incrocio le braccia sul petto e inarco le sopracciglia. «Senti, apprezzo il tuo sforzo di proteggere la mia reputazione, ma anche se non abitiamo in una metropoli questa città ha circa ottantamila abitanti. Ci sarà un'altra macchina uguale alla tua. E in ogni caso vivo in una casa di corte ristrutturata. Ho una porta e una scala d'ingresso indipendenti, e tutte le persone che conosco abitano a svariati chilometri di distanza».

Resta in silenzio, quindi lo incalzo: «E allora?».

Annuisce e mi rivolge un sorriso timido, poi rimette in moto.

Mi sento un po' nervosa quando varca la soglia di casa mia. Non ho più portato un uomo qui da quando è finita con Tommaso. E mi chiedo se ho fatto la scelta giusta. Amo molto il mio nido. Ci ho vissuto fin da quando ho lasciato il grande appartamento dei miei genitori, prima in affitto e poi da proprietaria. Anche quando le cose con il mio ex si sono fatte più serie ho rifiutato l'ipotesi di trasferirmi. Questo posto rappresenta la prima vera conquista della mia vita.

Daniele entra e si guarda intorno. «Wow. Non è piccola».

Mi stringo nelle spalle. «Mi piace aver spazio per tutto quel che mi serve. C'è anche una mini stanza per gli ospiti, così non ho problemi se qualche vecchia amica dell'università decide di fermarsi da me».

Vedo che si china un po' in avanti e inclina la testa di lato.

«Cosa cerchi?», chiedo stupita.

«Se non erro hai detto di avere un gatto. Ero curioso di vederlo».

Ridacchio. «T'illudi se pensi che la mia Pantoufle si faccia scorgere».

Le parole mi muoiono sulle labbra quando la micia zampetta allegra fuori dalla camera da letto e si dirige in piena serenità verso la mano tesa di Daniele. Resto immobile, a bocca aperta. Poi la richiudo e fisso la strana scena davanti ai miei occhi: un ragazzo alto, moro e molto bello, accucciato sul pavimento di casa mia ad accarezzare la gatta invisibile.

«Qualcosa non va?», domanda lui, gli occhi che brillano vivaci.

Mi mordo il labbro inferiore. «Be', a parte il fatto che Pantoufle non si faceva toccare neppure dal mio ex, direi che è tutto nella norma».

Ride. «Ma io piaccio alle donne».

Quella frase per qualche motivo mi procura una stretta dolorosa allo stomaco. Distolgo lo sguardo per nascondere quel sentimento inopportuno.

Quante potrà averne avute? Tante, a quanto mi ha riferito Titti. E quell'idea mi ferisce. Non dovrei, perché lui non è mio, né mai lo sarà. Però il pensiero di un'altra donna stretta tra le sue braccia, un altro corpo accarezzato dalle sue mani, un'altra bocca sfiorata dalle sue labbra mi sconvolge e mi provoca una gran rabbia. Vorrei chiuderlo in una stanza per impedirgli di donare a chiunque quelle sensazioni che ha dato a me.

«Ti va, ehm, di bere qualcosa?».

Si rialza, e sento i suoi occhi puntati sul mio profilo. «Una birra, se c'è, grazie».

Annuisco, e lui mi segue in cucina, dove prendo due bottiglie fresche. Lui ne afferra una e tocca la mia. «A noi».

Rispondo con un sorriso incerto. Non dovrebbe dire certe cose, perché rischia di farmi esplodere il cuore in petto.

In un inaudito scoppio di sfrontatezza Pantoufle salta sulla sedia più vicina a lui. La studio a fronte corrugata, il lucido pelo nero che brilla ancora di più mentre si prende la coda tra le zampe per leccarla, mostrando il bianco del pancione che fa il paio con la macchia proprio al centro del muso.

Piccola traditrice! Da domani per punizione ti metto a dieta.

«Mi piace», afferma con decisione Daniele. «Credo

che questa casa ti rispecchi molto. Davvero ci hai vissuto con qualcun altro?».

Spalanca gli occhi, e capisco che vorrebbe rimangiarsi la frase appena uscita dalla sua bocca.

Posa la birra sul piano della cucina. «Scusami, io…».

Alzo una mano per interromperlo. «Va tutto bene. Ormai non fa più male. A ripensarci mi rendo conto di essere stata cieca. Per anni».

Strano. Solo ora che le ho pronunciate mi rendo conto di quanto vere siano quelle parole.

Tommaso è il passato, un ricordo che inizia rapido a offuscarsi. Vedo invece con chiarezza le crepe nella nostra storia, crepe su cui prima mettevo con noncuranza il piede.

Daniele mi ascolta a capo chino, ma appena resto in silenzio si avvicina. Sento le sue braccia intorno alla vita che mi attraggono con delicatezza. Avvicina il volto al mio e mi posa un bacio gentile sulle labbra.

Mi sorprende quanto quel gesto sembri rassicurante.

Ricambio la stretta e gli poso la bocca sul collo. Quel profumo mi resterà impresso per tutta la vita.

Gli faccio scorrere le dita sul petto e in un baleno il contatto tra noi muta di natura.

Quando incontro i suoi occhi li trovo infiammati dalla passione. Sento le mani che mi s'infilano sotto i vestiti.

Tutto svanisce intorno a noi, e non so nemmeno più dove mi trovo.

7

Ambra

Apro la porta e a malapena gli do il tempo di entrare. Lo spingo contro il muro e infilo la gamba tra le sue, in un gesto inequivocabile, mentre incollo le nostre bocche in un bacio che sa di disperazione e desiderio.

Emette un ansito sorpreso, poi ride contro le mie labbra. «Ehi! Mi stai facendo capire che ti sono mancato? Eppure ci siamo visti ieri».

Già, ieri come ogni altro giorno negli ultimi sette mesi. Con qualche pausa durante il fine settimana, quando lui è uscito con mio fratello e gli altri amici.

Non rispondo. Arretro di un passo, lo guardo e con deliberata lentezza mi sfilo il maglione da sopra la testa. Non indosso nulla sotto, e i suoi occhi mi bruciano la pelle.

Allunga una mano e io mi spingo in avanti a incontrarla, poi lo attiro verso di me.

«Sono solo le sette. Se continui così salteremo la cena e anche la colazione di domani. Non ti lascerò in pace neppure per un secondo». Lo dice con la voce rotta, affannata, mentre mi esplora con le mani e la bocca.

«Non voglio perdere neppure un secondo», rispondo, e lo accarezzo attraverso i jeans.

Emette un ringhio basso, mi afferra, e trascina il mio corpo contro il suo. Ne sento la solidità e il calore. È esaltante, meraviglioso, irripetibile.

Mi lascio andare completamente alle sensazioni. Da quanto tempo non provo un simile abbandono?

Stavolta voglio essere io a decidere, a dettare le regole del gioco. Trovo i bottoni dei suoi pantaloni e li slaccio in fretta, poi ripeto il gesto con i miei.

Resto ritta davanti a lui, la sua bocca su di me è una deliziosa tortura.

Lo spingo un po' indietro e gli prendo il viso tra le mani, le fronti appoggiate l'una contro l'altra. Abbiamo entrambi il fiato corto, e i suoi occhi riflettono tutta la passione dei miei. Come in uno specchio.

Mi mordo il labbro. Così diversi eppure così simili, per tutti i versi sbagliati. Se ci penso mi assale un senso di disperazione.

Prendendolo per mano lo accompagno in camera da letto. Mi sdraio sul materasso e lo guardo, sfrontata e provocante. Lui mi raggiunge e rimuove in fretta l'ultimo indumento che ancora indosso.

Voglio che mi faccia subito sua, per sentire ancora

quella fusione completa di anima e corpo che non ho mai sperimentato con un altro uomo.

Lui invece indugia per accarezzarmi piano i fianchi, il profilo del seno e poi la linea del collo, fino all'attaccatura dei capelli. Devo mordermi il labbro per non protestare. Ho bisogno dell'orgasmo che mi regalerà, di quella straordinaria sintonia che non credevo possibile.

Ne ho bisogno perché so con certezza che sarà l'ultima volta.

Poi sento la sua lingua che mi risale lungo il corpo e mi pietrifico. Non era quello che mi aspettavo, ma mi dà sensazioni ancora più intense. Fremo per l'aspettativa e d'istinto mi spingo in direzione della fonte del mio piacere.

Il suo gemito mostra soddisfazione per la mia resa, e la sua bocca si sposta più rapida.

Sospiro, sopraffatta quelle sensazioni così intense da essere eccessive.

Si ferma, e io apro gli occhi di scatto.

Mi guarda come se mi sfidasse, fa parte del gioco. Cede ai miei desideri, ma solo fino a un certo punto. Non mi concede mai pieno controllo. E non è così solo nel sesso.

Il nostro rapporto non è stato una guerra, ma gli piace provocarmi, sotto molti aspetti. Credo che sia parte del suo carattere, o forse è un modo di mettere alla prova me e se stesso. E lo adoro, inutile negarlo. Mi dà costanti stimoli di cui sarà difficile fare a meno.

Torno alla realtà quando mi preme le mani sui fianchi solo per il piacere di sentire la mia carne sotto i palmi. Si ritrae per il tempo necessario a recuperare un preservativo. Poi s'appoggia alla testiera in ferro battuto, un cuscino dietro alla schiena, e mi attrae sopra di sé. Mi guida contro il suo corpo solido, ma si ritrae subito.

Gemo di frustrazione, e lui ride. I capelli mi ricadono sul viso mentre chino la testa a guardalo. Non ho bisogno di fare altro per provocare una sua reazione.

Perde il controllo quasi subito, come mi aspettavo. Non ho molte certezze nel mio rapporto con lui, ma tra le poche in mio possesso c'è quella di piacergli.

Mi prende con cauta determinazione.

Getto indietro la testa, ma subito la riporto di scatto in avanti.

Mentre trovo il ritmo perfetto per accordarmi al suo, lo guardo. Stavolta voglio vedere ogni singolo cambiamento d'espressione sul suo viso. Non mi perderò nulla. Devo assistere alla nostra fusione, superare qualsiasi barriera il senso del pudore mi abbia eretto dentro.

Mi chino a mordicchiargli il collo e a inspirarne l'odore. Voglio imprimermi tutto nella mente.

Le sue mani si posano sui miei fianchi nel tentativo

di controllare il ritmo, ma gliele sposto.

Non gli permetterò di dominarmi.

Assaporo ogni momento di quell'unione, godo di ogni sensazione. La luce che entra dalla finestra gli illumina il lato destro del viso, e fa mutare di colore un solo occhio. Le labbra socchiuse buttano fuori un respiro spezzato.

È bellissimo.

Lo è lui e lo siamo insieme. Noi due.

Vorrei far durare quel momento in eterno, ma il mio sguardo fisso sul suo viso mi rivela che è al limite. Si sta trattenendo per me.

Sorrido, e mi concedo di lasciarmi andare. Lo trascino con me.

Geme, mi affonda le dita nella carne.

Gli serro le spalle tra le mani e lo guardo. Basta quello a farmi oltrepassare la linea. Mi mordo le labbra. Non voglio gridare.

Lui non si trattiene. E il suo urlo mi fa male al petto. È uno squarcio aperto nell'anima.

Scivolo via da lui e mi sdraio al suo fianco, sospiro e mi giro a osservarlo.

Ha gli occhi fissi sul mio volto, con un'intensità di cui mi sfugge il senso. Cosa sta guardando? Forse vede per la prima volta con chiarezza i segni del tempo che iniziano a imprimersi, indelebili, sulla mia pelle?

«Cosa festeggiamo?», chiede con un largo sorriso

autocompiaciuto.

È così difficile trovare la voce per dire quel che devo.

Mi pento di tutte le notti che gli ho permesso di passare da me. Perché dormire insieme crea un legame forte, un legame che con lui non posso permettermi. Lo sapevo fin dall'inizio. Sono stata sciocca a lasciare che restasse. Il tempo trascorso ad abbracciarci, ad accarezzarci. Le volte in cui durante il sonno si è voltato per stringermi a sé da dietro. Tutto questo adesso rischia solo di farmi un gran male.

Non sarebbe dovuta andare così.

Daniele

C'è qualcosa che non va.

Me ne sono accorto appena ho messo piede nel suo appartamento, ma non ho voluto dar retta alle mie sensazioni. Lei non si era mai data a me con un abbandono così totale. Aveva sempre mantenuto quel briciolo di controllo che le permetteva di sentirsi al sicuro.

Stasera invece era in preda al proprio impeto al punto da sembrare quasi selvaggia. Mi chiedo se sto infine vedendo la vera Ambra. Quella che ho intuito sotto la superficie. Quella che mi spaventa e mi piace da impazzire.

«Se me lo permetti stasera cucino io. Te l'ho già detto, me la cavo bene», propongo per cercare di stemperare la tensione.

Scuote il capo. È arrabbiata, e non fa nulla per nasconderlo. Con me?

«Oggi è stata l'ultima volta. Mi dispiace, ma sono sette mesi che andiamo avanti così. Io...». Si ferma, e fissa per un attimo davanti a sé, poi scatta in piedi e comincia a rivestirsi. Di colpo scorgo la sua fragilità insieme alla rabbia che minaccia di travolgerla.

Le sue prime parole mi hanno infilato un coltello nello stomaco, ma resto in silenzio, in attesa che continui. E mi chiedo come farò a rinunciare a lei. Forse c'è ancora un modo per convincerla, per riportarla da me.

Torna a guardarmi solo quando è di nuovo completamente vestita. In quegli occhi ora c'è tutto, un concentrato d'emozioni che minaccia di spazzarmi via e trascinarmi alla deriva.

«Cos'abbiamo fatto per tutto questo tempo? Siamo rimasti chiusi in casa mia o in macchina, a parlare e fare sesso. Mai una birra in un locale, una pizza, un concerto... Io non posso vivere così a quasi quarant'anni». Alza il mento. «Non posso rintanarmi in un buco, nascondermi, e limitarmi al sesso».

Scuoto la testa e cerco di parlare. «Non è questo, io...».

«Non voglio che ti giustifichi», m'interrompe. «Sapevo dall'inizio come sarebbero state le cose tra noi, e mi stava bene».

Annaspo. Cosa crede di sapere? Lo stomaco mi si annoda in un groviglio stretto e pesante.

«Però non volevo che andasse avanti così a lungo», prosegue. «Avrei preferito fermarmi molto prima, ma ammetto di non esserci riuscita. Stavo bene quando eravamo insieme».

Scendo dal letto e mi piazzo davanti a lei, ancora nudo. Adesso sono incazzato anch'io, ma devo cercare di controllarmi. Non voglio dirle cose di cui poi finirei per pentirmi. E non voglio parlarle di

Brizio e di quel che significa per me la sua amicizia.

Poi c'è il fatto che in fondo la capisco. Non abbiamo passato insieme nemmeno Natale o Capodanno. Non abbiamo condiviso nulla, a parte un mare di parole e momenti intimi che però non erano solo sesso come dice lei.

«Io non posso innamorarmi di te», affermo con una voce che fatico a riconoscere come la mia.

Le sue pupille si dilatano appena. «Te l'ho chiesto?». Il suo tono trabocca di rabbia, ma c'è qualcosa in fondo ai suoi occhi.

Mi rendo conto di averla ferita. Non era quel che volevo. Basta quella presa di coscienza a far svanire la mia furia, ma sono ancora troppo concentrato sui miei sentimenti per occuparmi davvero dei suoi.

Alzo le mani per chiederle pazienza. «Non posso innamorarmi di te perché mi è già successo troppe volte, ed è sempre stato a senso unico. Adesso non ci riesco più».

Studio la sua espressione. Si morde un labbro, poi reagisce nell'ultima maniera che mi sarei aspettato. Ride.

Dura solo un istante, così come la mia illusione che sia solo un moto di stizza. Quando i suoi occhi tornano a incontrare i miei vi leggo qualcosa di nuovo.

«Se dici così vuol dire che in realtà non ti sei mai

innamorato». Mi si avvicina e mi posa una mano sulla guancia. «Credimi, puoi amare una volta, forse due, o magari anche tre, ma non puoi innamorarti di dieci o venti persone nella vita. Quando ti capiterà davvero te ne accorgerai. Capirai che è diverso. Lo so perché l'ho provato».

Stringo le labbra e mi sottraggo al suo tocco con un moto brusco. Mancava solo che si mettesse a trattarmi come un bambino adesso. E poi cosa significa che lei l'ha provato?

Le ho parlato dei miei amori, e neppure ci ha creduto, ma al solo sentir menzionare il suo un nodo mi serra la gola.

Mi rivesto in fretta. Ho bisogno di allontanarmi per evitare di sbottare. Se lo farò rischierò davvero di rompere qualcosa di estremamente fragile.

Afferro la maniglia della porta, e ho un attimo di esitazione.

Ma non c'è proprio più nulla da aggiungere.

Fino all'ultimo spero che lei dica qualcosa, che mi fermi, ma rimane in silenzio, a guardarmi mentre me ne vado.

8

Ambra

Non credevo che sarebbe stato così difficile.

Lui mi manca da morire. Mi mancano la sua voce, le sue mani sulla pelle, il sorriso che mi rivolgeva a volte dopo aver fatto l'amore.

Ripenso alle ultime parole che gli ho detto, e so che sono vere. La penso ancora così.

Eppure allo stesso tempo provo una folle, assurda gelosia per quelle donne che Daniele crede di aver amato.

Pensavo di essere cresciuta, di poter fare meglio di così con i miei sentimenti, ma forse ci sono aspetti della vita in cui è impossibile maturare.

Non è il modo in cui soffrivo per Tommaso, è diverso, più intenso e devastante, anche se non provo lo stesso senso di sconfitta. Non so quand'è successo, ma Daniele mi è penetrato sotto la pelle, e strapparlo via è doloroso.

Sbuffo mentre apro il getto caldo della doccia. La settimana è finita, e stasera mi aspetta una delle solite cene con i miei amici, i loro mariti o le loro mogli, e le nidiate di figli.

Sarà una serata difficile per me, ma servirà a ricordarmi quali sono il mio ambiente e la vita che vorrei per me.

Quando esco dalla doccia mi rendo conto di non aver più sentito neppure Tiziana dal giorno in cui ho rotto con Daniele. Le ho riferito che avevo troncato con lui, poi sono sparita, limitandomi a rispondere ai suoi messaggi.

In realtà temo che mi chieda dettagli, specie sul mio stato d'animo, ma non posso far scontare a lei le mie decisioni, giuste o sbagliate che siano.

Mi avvolgo nell'accappatoio e afferro il cellulare. Noto quattro nuovi messaggi.

Uno è un vocale. Ed è di Daniele.

Ho un brivido quando avvicino il telefono all'orecchio e risento la sua voce.

«Ehi… Come stai? Scusami, so che hai preso la tua decisione e, devo dirtelo, hai ragione. Per questo ho deciso di ricontattarti. Vorrei proporti due passi in centro a Milano domani pomeriggio. So che sei arrabbiata, ma forse parlare un po' potrebbe essere utile a chiarirci. E… Dimmi tu cosa vuoi fare. Ambra, io sarei felice di rivederti».

Non riesco a fermare il sorrisetto compiaciuto che mi si disegna sul viso né il senso di felicità che minaccia di spaccarmi il cuore. Sta cedendo su tutta la linea, mi dà ragione e mi dimostra che è disposto a fare a modo mio. E soprattutto mi chiede di rivederci, che in fondo è stata la mia speranza sin dall'inizio.

Leggo gli altri messaggi, ma quasi non riesco a concentrarmi sul loro significato.

Ricominciare sarebbe una follia. So che mi farebbe star bene, ma non cambierebbe nulla nel lungo termine. Rimarrei comunque invischiata in una storia senza futuro.

Allora perché il pensiero di rifiutare il suo invito mi pesa tanto sull'anima? Non mi dovrei sentire così.

Esco dal bagno e mi sposto in camera. Pantoufle si stiracchia pigra nell'angolo del letto.

La stanza sembra vuota senza il profumo di Daniele. Chiudo gli occhi e provo a immaginarlo, ma sta iniziando a svanire dalla memoria. Non ho neppure una foto.

Se la sua assenza mi causa un tale senso di vuoto dopo soli sette mesi insieme, cosa proverò più avanti, quando il momento dell'inevitabile rottura arriverà?

Sciolgo i capelli dall'abbraccio dell'asciugamano e mi osservo allo specchio. Il tempo è un giudice spietato. Non importa quanti anni dimostro, il mio organismo invecchia senza pietà.

Chiudo gli occhi e risucchio l'aria. Cos'ho da perdere per ora? Ettore? So che alla lunga si stancherà di farmi la corte, ma la realtà è che per lui non provo alcuna attrazione. E io non mi accontenterò di un uomo qualunque.

Non ho nessuno con cui sperare di costruire qualcosa. Le mie possibilità se ne sono andate insieme a Tommaso. Certo, potrei incontrare la persona giusta anche domani. E del resto non sarebbe corretto tenere Daniele come ripiego.

Torno a studiare il mio riflesso.

Ma chi voglio prendere in giro?

Io gli dirò di sì, e lo so dal momento in cui ho ascoltato il suo messaggio.

Posso tentare di essere razionale finché voglio, ma la verità è che il richiamo di quella passione somiglia a un canto di sirena.

E non so resistergli.

Daniele

«Non ci sei mai entrata? Davvero?».

Ride del mio shock. «No, davvero. Sono passata davanti al Castello Sforzesco milioni di volte, ma non ho mai avuto occasione di visitarlo. Perché ti stupisci tanto?».

«Cavoli». La guardo di sottecchi. Non mi sembra vero di averla di nuovo con me, è una sensazione inebriante. «Hai visto palazzi di mezzo mondo e non hai mai messo piede in un simbolo culturale a meno di cinquanta chilometri da casa».

Scrolla le spalle. «Immagino che dovrò andarci».

Sorrido. «Magari la prossima volta. Insieme».

Passeggiare con lei è bello. Sembra naturale quanto fare l'amore. Forse ho davvero sbagliato a non concedermi prima questa possibilità.

Infiliamo la Galleria che a luglio è ormai rovente, eppure la folla è ancora fitta, e si muove frenetica. Devo fermarmi a bere qualcosa di fresco prima di sciogliermi come un incauto fiocco di neve caduto dal cielo fuori stagione.

La prendo per mano e la trascino di lato, verso uno dei bar. Preferisco il salasso alla disidratazione. Il *Bar Sì* andrà benissimo, occhieggio un tavolino libero e mi dirigo lì con decisione.

Nonostante il caldo la sensazione del suo palmo contro il mio è piacevole, allora decido che intrecciare le dita non è poi una cattiva idea.

Ambra rafforza la stretta, e sento che il cuore già accelera i battiti.

Aggiro un gruppo di turisti rumorosi, per puntare deciso al mio tavolino. E poi resto gelato.

Tiziana ci guarda fisso da un metro di distanza, la bocca semiaperta accanto alla cannuccia della sua bibita in un'espressione di pura sorpresa.

Sento lo stomaco che mi affonda mentre sposto gli occhi sbarrati su Fabrizio. È di spalle, e non ci ha ancora visti, ma so che è questione di un attimo. Faccio in tempo a mollare la mano di Ambra, e già lo sguardo di Brizio si sposta da me a lei. Una ruga familiare gli si disegna sulla fronte.

«Ehi», attacco senza convinzione. «Oggi dev'essere la giornata nazionale degli incontri».

Gli occhi di Titti non mollano quelli di Ambra, mentre le pupille di Fabrizio sono fisse nelle mie, inquisitorie e risentite.

«Cioè?». La voce di Tiziana è lieve, ma dal modo in cui si attorciglia un ricciolo scuro intorno al dito e dal lieve broncio sul suo volto capisco con chiarezza che non lo sapeva. E questo non le fa piacere.

Deglutisco a vuoto, e quasi mi sembra di soffocare, ma non è più per il caldo.

Posso provare a giustificarmi? Avrei dovuto parlargliene prima. Adesso la situazione è imbarazzante ai limiti dell'insostenibilità.

Non ho il coraggio di guardare Ambra mentre sparo: «Be', faccio due passi a Milano e incontro prima la sorella di Brizio e poi voi due. Un evento!».

Continuo a non girare lo sguardo su di lei, ma sento la tensione che emana dal suo corpo.

Titti sposta gli occhi di scatto, e li punta dritti nei miei. Poi scuote piano il capo, in un gesto di riprovazione o di compatimento, non saprei dirlo.

Da quando sono diventato un simile codardo?

Fabrizio accavalla le gambe, e si sposta indietro sulla sedia. «Un vero evento, soprattutto perché tu qui non ci vuoi mai venire. Te l'avremo proposto un milione di volte, ma hai sempre risposto che ti annoi a morte».

Mi sforzo di mostrarmi sereno, sebbene sia consapevole che Brizio può cogliere mille indizi dal linguaggio del mio corpo. Mi conosce troppo bene, cazzo!

«Sì, vero, ma ero in zona per un paio d'acquisti, e ho pensato di approfittarne per fare due passi».

Lui non dice nulla, ma la sua espressione sembra un filino meno tesa. In compenso le labbra di Titti sono serrate in una linea sottile.

«Bene, io devo andare». La voce asciutta e fredda di Ambra quasi mi provoca un sussulto. «Tiziana, ti chiamo stasera. Avrei voluto farlo già ieri, ma ero in ritardo per una cena. Brizio, noi ci vediamo domani a pranzo da mamma e papà».

La salutano con la mano, e lei si volta per andarsene. Non posso lasciarglielo fare.

«Ti accompagno per un pezzo», scatto e, senza attendere risposta, la seguo in mezzo alla Galleria affollata, consapevole delle due paia d'occhi piantate sulla mia schiena.

Ambra non mi aspetta, fatico a tenerle dietro in mezzo alla marea di persone che camminano senza badare a me.

Appena lasciamo la galleria e sbuchiamo in Piazza Duomo, l'afferro per la mano. Si gira come una molla, e il suo sguardo ferito è un pugno dritto allo stomaco.

In mezzo a tutta quella gente mi sento solo come non mi era mai capitato.

«Scusami, io…», inizio, ma il gesto brusco con cui si sottrae al mio tocco mi soffoca le parole in gola.

Sta per scaricarmi di nuovo, e quel pensiero mi lacera.

Si passa una mano tra i capelli, a scostarli dal volto accigliato.

«Lo vedi? È questo che intendevo. È questo che non voglio». Si morde il labbro. «Non voglio continuare a nascondermi, men che meno da mio fratello». Alza le braccia, poi le lascia ricadere lungo i fianchi. «Possibile che sia così difficile capirlo?».

«Io non me la sento ancora di rendere questa cosa ufficiale».

Il suo sguardo è difficile da sostenere. So di averla delusa, in modo forse così profondo da aver lasciato una ferita insanabile. «Non ti sto chiedendo nulla. Non lo capisci? Non voglio venire a conoscere i tuoi. Sono solo stanca di nascondermi, come se… come se fossi una ragazzina che frequenta il suo primo fidanzatino».

Incrocio le braccia, è la sola maniera per impedirmi di toccarla. «Insisti sull'età. Mi sembra che tu voglia rinfacciarmelo ogni volta che abbiamo una discussione».

Gira la testa di lato, e ho la sensazione che cerchi di evitare il mio sguardo. «Purtroppo è importante. Non credo che tu possa capire quanto».

Faccio un passo avanti, e sono sollevato dal fatto che lei non si sottragga. «Dammi una mano a comprenderlo. E cerca di capire anche tu che per me è davvero difficile affrontare questa cosa con tuo fratello». Continua a non incontrare i miei occhi. «È il mio migliore amico, e tu non hai idea di quanto si sia sempre mostrato protettivo nei tuoi confronti».

Ride, e forse la tensione in lei si allenta appena. «Hai paura che ti uccida? Sì, lo immagino». Volta il capo di scatto. «Ma è *mio* fratello, e io sono abbastanza grande da decidere per me stessa. Lo sono da un pezzo, a dire il vero».

Mi avvicino ancora e con cautela stringo le dita sulle sue. «Possiamo continuare a non dire nulla ancora per un po'? Ti prego».
Annuisce, ma si dirige verso la metropolitana, e non mi permette più di tenerla per mano.

9

Ambra

Da quel pomeriggio a Milano sembra cambiato tutto. Dentro di me s'è spezzato qualcosa, e ormai non credo più a niente di quel che mi dice.

Ho smesso di assistere alle sue partite, anche se ancora me lo chiede spesso. Capisco che questo gli dispiace, e ciò mi dà una bieca soddisfazione, oltre a donarmi uno stupido senso di colpa.

Non mi costerebbe nulla, ma non voglio farlo. Mi secca che pensi di poter avere tutto quel che vuole.

Lui all'apparenza è lo stesso: le battute garbate, la risata contagiosa, il temperamento focoso e impulsivo. Eppure ogni volta che se ne va ho la sensazione che non lo rivedrò mai più.

Osservare la sua auto che si allontana sulla strada mi trasmette un senso d'angoscia indescrivibile.

Usciamo, ma non abbiamo più messo piede a Milano, e a volte ci limitiamo a restare in casa, fare l'amore e parlare.

Capita che sia io a voler evitare i luoghi pubblici. In più di un'occasione ho notato le occhiate delle persone. Non mi dispiace essere guardata, ma quando sono con Daniele mi sento a disagio. Sarà stupido, ma ho sempre la sensazione che la nostra differenza d'età si noti, e che gli sconosciuti si divertano a commentarla con malignità.

Dovrei ignorare quei pensieri sciocchi, in nome della mia proverbiale fiducia in me stessa. Eppure adesso, con lui, sembra tutto diverso.

Ho paura. E non è neppure facile ammetterlo.

Daniele s'è irrigidito negli atteggiamenti. Non abbiamo più affrontato l'argomento della nostra situazione, sotto nessun aspetto.

Mi rendo però conto che a volte io mi mostro aggressiva, e lui lontano.

Quando siamo insieme tutto sembra funzionare a meraviglia, ma basta che non ci vediamo per qualche ora e i nervi mi si tendono come una corda di violino. Non posso fare a meno di pensare a quel che prova, a quel che fa, a quel che è la sua vita quotidiana dalla quale mi sento esclusa.

Bastano poche settimane per raggiungere il limite della sopportazione. Mi sento logorata dalla tensione e… sola.

Mi manca da morire, più di quanto mi mancasse quando avevo deciso di scrivere la parola fine alla nostra storia.

Sospiro mentre invio un messaggio a Tiziana. Mi ha fatto pesare a lungo quell'incontro al *Bar Sì*.

Non se l'è solo presa perché non l'ho avvisata di aver ripreso a frequentare Daniele. Ora ha il timore che tutta questa vicenda comprometta il rapporto tra me e lei, e si sente in colpa per avermi spinta tra le sue braccia. Non sono certa d'essere riuscita a rassicurarla. Non vorrei mai rovinare la nostra amicizia, e spero che non capiterà nemmeno se un giorno tra lei e Brizio dovesse finire. Però la verità è che in questo periodo non sono sicura di nulla. La mia vita ha perso ogni possibile certezza.

Torno a guardare lo schermo, con concentrazione, come se ciò bastasse a farvi apparire qualcosa che non c'è.

Mi lascio cadere sul letto e allungo una carezza distratta a Pantoufle, gli occhi che frugano fuori dalla finestra, in cerca di una rassicurazione che non può arrivare.

È un sabato di gioco per lui, e so che ha una partita pomeridiana. Stavolta non mi ha neppure invitata. Forse è stanco dei miei rifiuti o forse…

Corrugo la fronte, e torno a fissare il cellulare. Basta digitare su Google il nome della squadra per scoprire ora e luogo. Ho ancora parecchio tempo prima che la partita finisca.

Non posso restare nel dubbio. Non posso insultare me stessa decidendo di non fare nulla. Mi alzo e prendo dall'armadio un vestito non troppo leggero. L'inverno sta per finire. Infilo gli stivaletti e recupero l'ombrello, perché il cielo grigio minaccia grandi scrosci d'acqua.

Quando parcheggio all'esterno del palazzetto iniziano a cadere le prime gocce.

Gli spalti sono quasi vuoti. Non avanzo per sedermi nelle prime file, resto in cima alle scale, dove è difficile scorgermi dal campo.

Seguire il gioco è impossibile, sono così concentrata sui battiti del mio cuore da essere a malapena consapevole del fatto che stanno vincendo. Aspetto solo che finisca, ma il tempo sembra non passare mai.

Chiudo gli occhi, poi mi rendo conto che i pochi spettatori se ne stanno andando. Mi sposto di lato, e li guardo passare, come in trance.

Cos'è questo strano senso d'ansia che mi serra la gola?

Mi giro a guardare il campo vuoto. È così desolato.

Infine mi sporgo a scrutare gli spalti, il timore e l'assurda speranza si mischiano in fondo al mio cuore. Risucchio l'aria quando li scopro deserti, e il sollievo mi assale.

Scendo le scale in fretta. Non devo farmi scoprire lì a spiare. È necessario che torni subito a casa e mi faccia una bella doccia calda per lavar via gli ultimi residui di paura.

Il breve corridoio è piuttosto buio, e la luce in fondo mi dà quasi fastidio agli occhi. Quasi ridacchio della mia stupida gelosia.

In quel momento la vedo.

Non è molto alta, ha i capelli biondi raccolti in una crocchia, i piedi calzati da stivali alla moda, e un profilo bellissimo.

È così giovane.

Pochi passi e vedo anche Daniele. È appoggiato alla parete sul fondo del corridoio. Sorride.

Lo stomaco mi si stringe in una morsa, e il petto minaccia di esplodermi per la rabbia e il dolore.

Non posso far altro che continuare a camminare, anche se così sarò obbligata a passar loro davanti. Quando sono arrivata non ho visto altre porte aperte. È impossibile evitare che mi vedano, anche se preferirei sprofondare sottoterra.

Avanzo, le gambe pesanti come piombo, e li osservo. La ragazza parla e gesticola, sembra eccitata, ride. Sento che racconta di una serata con le amiche, e cita un locale che conosco solo di nome, e che so avere un target d'età piuttosto basso.

«La prossima volta mi ci devi accompagnare», afferma con sicurezza. «Valeva la pena, ma se ci vai tra donne non ti lasciano in pace». Ride di nuovo.

Lui annuisce, e io sono costretta a ricacciare indietro le lacrime. Nel caso mi rimanesse qualche dubbio quel suo gesto li ha fugati. I battiti del mio cuore mi assordano.

«E poi al sabato è meglio», prosegue lei, «in settimana sono tutti vecchi».

«Già, è sempre così», concorda lui in tono assorto.

Ed è in quel momento che mi vede. Il viso gli s'imporpora e spalanca gli occhi.

Vecchi come? mi chiedo fremente d'ira repressa. *Forse come me?*

Gli lancio un'occhiata, una sola, ma non dico nulla.

Passo proprio accanto alla ragazza, che ha seguito lo sguardo di Daniele e ora mi fissa a bocca aperta, finalmente zitta. La ignoro.

Proseguo a testa alta. Non ho bisogno di chiarimenti. Anzi, direi che non c'è proprio nulla da chiarire.

Apro l'ombrello in un gesto di calma studiata. Deglutisco a vuoto.

Mi sono appena infilata in macchina quando sento la sua voce che mi chiama. A quanto pare s'è ripreso dallo shock. Lo vedo nello specchietto retrovisore che corre verso la mia auto, già zuppo di pioggia.

La ragazza sbircia dalla porta, e quella vista basta a rinnovare la sofferenza. E la determinazione.

Chiudo la portiera, avvio il motore, e parto con un'accelerata furiosa.

Daniele

Ho provato a chiamarla a diverse ore del giorno e della notte. Il telefono squilla a vuoto oppure lei riattacca.

Dopo l'ennesimo tentativo mi lascio cadere sul divano del salotto, e mi passo una mano sugli occhi.

Ha ragione: mi sono comportato da coglione. Non volevo che arrivassimo a questo punto.

Mia madre passa di qui con il solito carico di biancheria da stendere nel cortile interno. Si ferma a guardarmi e alza un sopracciglio. «Di nuovo una ragazza, eh? Pensavo che ti fossi fatto più furbo».

Lo credevo anch'io.

Sorrido e le rivolgo un saluto con la mano. Lei si stringe nelle spalle, si sistema la bacinella sottobraccio e si allontana.

Sbuffo. Mamma a volte mi fa rabbia, ma mi legge dentro più di chiunque altro.

Guardo di nuovo il cellulare. Dopotutto forse è meglio così. Non potevo sperare di convivere per anni con il senso d'inadeguatezza che mi coglieva ogni volta che il discorso si spostava sul lavoro, la carriera o il futuro.

Speravo solo che finisse in un'altra maniera, non nel modo orribile che mi sono tirato addosso con le mie stesse azioni.

Cazzo, che idiota!

Riprendo il cellulare e registro un vocale:

«Ambra, ho bisogno di parlarti. Ti prego, è importante che ci chiariamo».

Aspetto. E mi muovo come uno zombie per la casa senza saper che fare. Oggi ci sarebbe l'allenamento, ma per una volta nemmeno quello mi va. Mi balena nella mente il pensiero che dovrei davvero smettere. Sono troppo vecchio per continuare a giocare, anche da dilettante.

Gli sguardi di mia madre durante la cena sono persino troppo eloquenti. Mi alzo appena ho terminato e mi dirigo in camera, ma solo per afferrare le chiavi dell'auto. È probabile che non cambierà nulla, ma dovrà almeno guardarmi in faccia. Voglio che sappia tutta la verità.

Non ce la faccio così. Il bisogno che ho di lei mi schiaccia, mi soffoca.

A fermarmi è il suono del cellulare.

Non una telefonata, no, lei non chiama. È solo un messaggio vocale, ma il suo nome sul display basta a restituirmi il respiro.

Mi siedo ad ascoltare.

«Non hai motivo di giustificarti. Noi non stiamo insieme, giusto? Ciò significa che siamo entrambi liberi di fare quel che vogliamo.

Puoi star tranquillo. Non ti rinfaccio nulla e mio

fratello non ne saprà mai niente.

Sono grande: non ho più bisogno di una babysitter.

In realtà credo che sia stato un bene. Sono venuta lì perché me l'aspettavo ed era forse ciò di cui avevo bisogno per chiudere questa storia e andare avanti.

Daniele, io so bene cosa voglio e so altrettanto bene che tu non puoi darmelo.

Voglio un figlio. Lo desidero da anni e se non potrò averlo in modo tradizionale... be', sono disposta anche a valutare altri sistemi, ma di certo non aspetterò di essere troppo in là con l'età per concepire senza grandi rischi.

Ora che lo sai capirai anche perché la mia storia con te avrebbe dovuto chiudersi già da un pezzo.

E... no, non desidero un chiarimento faccia a faccia. Sarebbe davvero superfluo.

Ti auguro di essere felice, e mi auguro di esserlo anch'io. Anzi, per una volta voglio che questo augurio si avveri per me prima che per chiunque altro».

10

Ambra

Se fossi più giovane mi vedrebbe in maniera diversa. Se fossi più giovane potrei lasciare che il nostro rapporto progredisca con calma. Se fossi più giovane lo conquisterei.
Tutti questi *se* non mi portano a nulla, non cancellano la realtà di un legame che era destinato a troncarsi. Non importa che il mio cellulare abbia ripreso a squillare dopo un lungo silenzio. Ho detto a Daniele ciò che era necessario, e adesso non posso rimangiarmi nulla, né voglio sentire inutili giustificazioni.
Non sto bene. Non riesco neppure a piangere. E non c'è un perché al mio stato d'animo, per quanto mi sforzi di trovarlo. Però so che passerà. Prima o poi anche quel perenne senso d'angoscia si affievolirà, e io potrò di nuovo guardare avanti.
È come una dipendenza. Daniele è la mia droga e devo trovare la forza di resistergli per sperare di disintossicarmi.
L'unica cosa che riesce davvero a darmela è conte-

nuta in una delle frasi con cui ho chiuso la nostra assurda relazione. Io voglio un figlio, più di qualsiasi altra cosa al mondo. E se non avrò un compagno affronterò qualsiasi metodo clinico necessario pur di poter concepire e crescere il mio bambino.

Per questo non posso più permettermi dubbi e illusioni. D'ora in avanti costruirò un rapporto solido ed equilibrato, o sceglierò la solitudine. Ho buttato più di un anno inseguendo il sogno di Daniele.

Sono costretta a silenziare il telefono quando mi trovo al lavoro. Eppure il suo nome sul display è ancora una distrazione potente.

Cerco di non farci caso, ma è come se la mia mente fosse costantemente attratta dal pensiero di lui.

Non credevo di poter concepire sentimenti tanto forti per Daniele. Li ho ignorati troppo a lungo, addirittura ho rifiutato di ammetterli con me stessa. Eppure eccoli lì, a presentarmi il conto proprio adesso che ho compiuto la mia scelta finale.

Ettore mi rivolge uno sguardo interrogativo, mentre la suoneria del mio telefono, posato sul tavolo della mensa, si mette a strillare per la terza volta.

Gli rivolgo un sorriso mentre respingo la chiamata, ma non mi giustifico. Non ne ho motivo.

«Sarà così anche per tutta la cena?», chiede con un po' di petulanza.

Mi stringo nelle spalle. «I telefoni sono fatti per essere silenziati».

Vedo che vorrebbe indagare, ma senz'altro la mia espressione piatta lo frena. Allora cambia in fretta argomento.

Ho accettato l'invito a cena per stasera perché ho bisogno di una distrazione e perché sarà un evento del tutto innocuo, visto che con noi ci sarà una coppia di amici comuni e che io userò la mia auto.

Non riesco però a evitare i paragoni. Ettore è impostato, elegante, sicuro di sé fino all'ostentazione, e non esaurisce mai gli argomenti. Insomma qualcosa in lui mi ricorda anche troppo Tommaso. Daniele invece è spontaneo, impetuoso, in certi momenti timido, e ama concedersi preziosi momenti di silenzio.

Immagino di aver esaurito l'interesse per gli uomini che sanno sempre cosa dire, anche quando non ci sarebbe ragione di parlare.

Andrò comunque a cena. E silenzierò il telefono.

Non permetterò che il pensiero di Daniele mi fermi. Né ora né mai più.

Daniele

Se fossi meno giovane mi prenderebbe sul serio. Se fossi meno giovane non sarei amico di suo fratello. Se fossi meno giovane la conquisterei.

«Anche per oggi abbiamo finito», sospira Brizio mentre inarca la schiena senza tentare di nascondere la stanchezza.

«Già. Finalmente!». Rido, e mi getto parte del contenuto della bottiglietta d'acqua in testa.

Stavolta abbiamo affrontato il giro al contrario, e tocca a me entrare in casa.

«Hai già pensato alle vacanze?». Giusta domanda. L'estate è iniziata e tutti hanno una meta. Io però non ho una gran voglia di viaggi, senza contare che i soldi sono pochi.

«Penso che sfrutterò la casa della nonna in Puglia. In fondo quel mare ha sempre il suo fascino».

Ride. «Altroché. Uomo fortunato che non deve prendersi una camera d'albergo in Croazia!».

Annuisco, ma i miei pensieri sono già lontani. Appena qualche mese fa ho chiesto ad Ambra che piani avesse per l'estate, poi abbiamo parlato delle origini di mia madre e di quella casa sempre vuota. Ora il desiderio di mostrargliela è quasi doloroso.

Guardo Brizio. So che non dovrei farlo, e che non

abbiamo più spostato la conversazione su di lei da quel giorno a Milano, quasi un anno prima. È probabile che lui abbia scelto di non capire, d'ignorare volutamente la lampante realtà del mio rapporto con sua sorella, ma non posso impedirmi di chiedere, per quanto stupida possa rivelarsi quella mossa.

«Come sta Ambra?». Lo domando a bruciapelo, e sono quasi certo di essere arrossito.

Poco importa, visto che lui non mi guarda.

Ha un'espressione corrucciata ed esita prima di rispondere: «Bene, direi, visto che ieri sera è uscita con l'incravattato».

Nel petto mi si apre una voragine. Stringo i pugni, e fisso l'asfalto sotto i miei piedi. Vorrei gridare, picchiare qualcuno. La mandibola mi fa male da quanto la tengo serrata.

Perché questo senso di vuoto e questa disperazione mai provata prima?

Poi all'improvviso capisco.

Mi giro verso Fabrizio, e scopro i suoi occhi fissi su di me.

Le sue dita si chiudono sul mio avambraccio in una morsa dolorosa. «Vi siete visti per tutto questo tempo, vero?».

Faccio un cenno affermativo. Ammetterlo ora non sembra più così difficile.

«E non hai pensato che fosse il caso di dirmelo?».

«Certo, almeno un milione di volte, ma non l'ho

fatto perché sono un coglione».

Stringe ancora la presa. «Bene, e dato che lo sai, adesso uscirai dalla sua vita per non rientrarci mai più».

Mi stacco la sua mano di dosso e scuoto la testa. «Questo non posso farlo, Brizio, mi dispiace».

Mentre rientro in casa e vado dritto ai garage sento la sua voce che mi rincorre: «Devi lasciarla in pace. Hai capito?».

Ho capito benissimo, ma non ubbidirò. Non ubbidirò mai più a nessuno, nemmeno alla mia stessa razionalità.

11

Ambra

Il citofono strilla, acuto e insistente.

Mollo il portatile e mi dirigo all'ingresso. Il vino della cena di ieri mi ha lasciato un fastidioso ronzio nelle orecchie, però era buono, quanto il cibo, uniche note positive in una serata perfettamente noiosa.

Appena premo il bottone sussulto davanti all'immagine della telecamera.

Daniele?

Mi sfrego gli occhi e mi mordo il labbro. Eppure è proprio lui.

Esito. Forse dovrei fingere di non essere in casa. Ma a che servirebbe dopotutto? Magari un confronto diretto è la sola maniera di chiudere la questione in modo definitivo. Finché continua a cercarmi la mia sofferenza non smette di rinnovarsi.

Apro senza rispondere e mi piazzo di fianco all'ingresso. Devo riuscire a controllare il tremito che mi pervade.

Ma è difficile quando lo vedo salire le scale, gli

occhi fissi nei miei, il viso contratto in una smorfia che non so interpretare.

Non mi è mai sembrato così bello. Vorrei passargli le mani tra i capelli, ma poi mi ricordo della ragazza con la crocchia, e una fitta di rabbia e dolore mi attraversa il petto.

Entra, e si chiude la porta alle spalle, poi vi si appoggia.

«Posso fare qualcosa per te?», chiedo, simulando la massima indifferenza, ma la voce mi tradisce.

Stringe le mani a pugno. «Perché sei uscita con quel tizio?».

Ho un sussulto.

«Voglio dire, capisco che tu cerchi una persona in grado di darti tutto ciò di cui hai bisogno, una persona del tutto diversa da me, ma…».

Alzo una mano per interromperlo. Lo stupore si è dissolto, e ha lasciato il posto alla rabbia.

«Hai il coraggio di chiedermelo? Scusa, non vorrei aver interpretato male, ma mi sembra che sia stato tu il primo a non concedermi esattamente l'esclusiva. E in ogni caso tra noi ormai non c'è più nulla, sono libera di vedere chi mi pare».

Scatta via dalla porta e fa un passo verso di me. «Io non ho mai frequentato nessun'altra. Né ho fatto altro con un'altra. Non so cosa tu abbia pensato di vedere o sentire quel giorno al palazzetto, ma hai preso un abbaglio. Ho conosciuto quella ragazza una sera in cui ero insieme a Fabrizio, prima d'incontrare te. Ma non l'ho mai più rivista finché non ha deciso di venire ad assistere alla partita. È libera di fare quel che vuole, dopotutto. Non posso impedirglielo. Chiedi a Fabrizio.

Descrivigliela e chiedi, avanti!».

Incrocio le braccia sul petto, e non trattengo la smorfia beffarda che mi spacca in due la faccia. «E guarda caso è stata l'unica volta che non hai chiesto a me di esserci, vero? Credi che sia stupida? Il tuo atteggiamento era cambiato da molti mesi. Non puoi pensare che sia così scema da non essermene accorta».

Annuisce. «Infatti lo scemo sono io. A Milano mi sono sentito messo sotto accusa da Brizio. Lui mi guardava in quel modo e... ho temuto di perdere il mio amico di sempre per una relazione destinata a finire. Adesso lui comunque sa tutto, anche se non l'ha presa bene».

Sospiro. Vorrei poter dire di non credergli, ma i suoi occhi sembrano così sinceri. Lei però era molto bella. Molto giovane.

E comunque ormai non ha più importanza.

«È probabile che tu avessi ragione. Infatti è finita».

«Sì, ma non per le motivazioni giuste. Non doveva finire perché tu pensavi ci fosse un'altra. Non doveva finire prima che tu ti rendessi conto di tutto».

Alzo il mento di scatto. «Rendermi conto di cosa?

Del fatto che la gente mi guardava con compassione? Lo so già da un pezzo».
Sbatte le palpebre. «Compassione? Di cosa parli?».
Scrollo le spalle. «So che la nostra differenza d'età si nota. Sembro una poveretta che ha accalappiato un ragazzino».
Emette una risata secca, nervosa. «Ecco il vero problema: è così che tu mi vedi. E arriverai a renderti conto di tutto il resto. Questa è sempre stata la mia paura principale».
Mi afferra per il braccio e mi trascina in camera da letto. Oppongo resistenza, ma poi capisco che vuole solo mettermi davanti all'ampia anta a specchio.
Mi posa una mano sulla vita e con l'altra mi solleva il mento.
«Guardati… Credi davvero che qualcuno mi possa ritenere meno che fortunato a camminare per strada con te? Pensi sul serio che qualcuno noti o consideri quanti anni hai? Tu sei semplicemente bellissima, Ambra. Solo un cieco non se ne accorgerebbe».
Chino lo sguardo. «Non quanto la tua amica».
Con una delicata pressione sul collo mi costringe a rialzare gli occhi. «No, non quanto lei, molto di più».
Sto per cedere alla tentazione di appoggiarmi contro il suo petto, ma non voglio farlo.
«Allora di cosa mi sarei dovuta rendere conto?», chiedo con un tremito nella voce.

Il suo riflesso mi rivolge un sorriso timido, di scusa. «Del fatto che io non sono alla tua altezza, ecco tutto».

Apro la bocca, poi mi volto di scatto e lo affronto. «Cosa diavolo vorrebbe dire?».

Scuote il capo. «Ho trentatré anni, e ancora cambio lavoro a seconda del vento. Ho passione da vendere e studi che mi permetterebbero di essere un buon grafico, ma nessuno vuole darmi fiducia in questo. E sono ancora lì che piango per il giorno in cui ho dovuto abbandonare il sogno di una carriera da giocatore professionista». Ha la schiena piegata, le spalle basse, in un atteggiamento che non gli riconosco. «Vado in giro a fare il ragazzone spavaldo che ama la vita, ma in realtà so bene di essere un fallito».

Ora sono davvero sconvolta. Possibile che si sottovaluti fino a quel punto?

«Tu non sei un fallito», comincio, ma lui m'interrompe subito.

«Sì che lo sono. Non prendiamoci in giro. Altrimenti perché saresti uscita con un tizio di successo? Tu vuoi un figlio, una famiglia, sicurezza e stabilità. E io non posso darti niente. Proprio niente. Eppure... eppure lo vorrei prendere a pugni. Non ce la faccio a lasciarti andare, Ambra. Anche se so che dovrei».

Mi sento il cuore gonfio d'angoscia. Ci siamo annusati, intuiti, ma in fondo non abbiamo avuto il coraggio di comprenderci l'un l'altro.

Gli sfioro la guancia con le dita. «Tu non sei un fallito, e io non sto cercando qualcuno che mantenga mio figlio».

Il suo sguardo ferito si fissa nel mio. «Allora perché?».

Sospiro, e mi arrendo all'impulso di posargli la fronte sul petto. «Non sono uscita con un altro per sostituirti. Forse… speravo che in qualche modo tu lo scoprissi. Volevo una vendetta o magari volevo vederti correre qui, proprio come hai fatto». Faccio una breve pausa. «È stata solo una cena comunque». Ridacchio. «E per giunta noiosissima».

Mi stringe a sé. «Non ho mai neppure pensato alla possibilità di avere una famiglia, non perché l'idea non mi piaccia, ma perché mi sento inadeguato».

Alzo la testa a guardarlo. «Hai capito che avrò un bambino, vero? Voglio dire, l'avrò indipendentemente da tutto».

Annuisce, poi mi prende il mento tra le mani. «E tu hai capito che ti amo? E avevi ragione: non ci s'innamora molte volte. Quando arriva l'amore vero tutto è diverso, e non puoi non accorgertene».

Un calore intenso mi nasce nel petto e si espande per tutto il corpo. Sorrido. «Ti amo anch'io, Daniele».

La sua bocca è sulla mia, in un bacio fatto di disperato bisogno e passione sconfinata, ma anche di promessa e sentimento.

E sembra che non esistano più ostacoli o difficoltà insormontabili.

Staremo bene perché siamo noi, e infine abbiamo il coraggio di mostrare le nostre fragilità, senza reticenze né inutili timori.

Epilogo

Daniele

Mi giro nel letto, e per un attimo mi chiedo se sia il caso di alzarmi, la luce che filtra dalle persiane chiuse mi dice che è piuttosto tardi, ma oggi è sabato e mi piace godermi il tepore delle lenzuola.

Mentre sposto il peso dall'altra parte del materasso urto con il piede una massa morbida. Sorrido. Pantoufle riesce sempre a mettersi in mezzo, possessiva e invadente.

Mi appoggio sul gomito e guardo il viso bellissimo di Ambra. Sta ancora dormendo e la sua espressione è distesa, rilassata e dimentica.

In realtà i quindici mesi trascorsi da quando siamo diventati una coppia ufficiale, sono stati piuttosto turbolenti, ma alla fine siamo riusciti ad appianare i problemi, soprattutto quello costituito da Fabrizio.

Ha impiegato molto tempo ad accettare il nostro rapporto, e spero che un giorno riuscirà a mettere da parte il timore che io possa ferirla ed essere finalmente felice per noi. Sono certo che Tiziana gioca un ruolo fondamentale in questo, e ho piena fiducia in lei e nel rapporto che ha con Ambra.

Le sfioro il profilo con un dito, attento a non svegliarla. Un sorriso le si disegna sul volto.

«Oh, no», sospiro. «Avrei voluto lasciarti dormire».

I suoi splendidi occhi chiari si aprono per incontrare i miei. «Credo di essermi riposata più che a sufficienza ormai».

«Davvero?», chiedo con un sorriso nella voce. «Allora forse potremmo fare qualcosa d'interessante».

Le passo le mani sui fianchi, poi scendo. Lei mi ricompensa con un gemito.

Sento una scossa d'eccitazione attraversarmi il corpo, e mi chino a baciarle il collo, mentre le mie dita continuano a stuzzicarla senza sosta.

Ride. «So che è sabato, ma... non lavori oggi? È raro averti tutto per me nell'ultimo periodo».

Sbuffo contro il suo collo. «Più tardi farò un salto allo studio, ma voglio prendermi una mezza giornata per godermi la tua compagnia». Serro la presa sulla sua pelle. «Fino in fondo».

«Okay, okay», geme, ma mi allontana con una spinta. «Prima però devo mangiare qualcosa, altrimenti sverrò durante la nostra sessione di sesso mattutino».

Mi metto seduto sul letto e la guardo mentre si getta addosso una vestaglia. Dovrò davvero andare allo studio più tardi, perché il lavoro durante le ultime settimane si è accumulato in maniera inattesa.

Ho faticato ad accettare l'idea che Ambra mi sovvenzionasse per l'apertura del piccolo ufficio grafico e pagasse i primi sforzi commerciali. Però alla fine ha dimostrato di aver ragione lei. Il lavoro è arrivato piuttosto in fretta, dopo pochi mesi d'attività, e ora ne ho più di quanto riesco a gestire nei giorni feriali. E pian piano, nonostante le sue proteste, sto ripianando il debito.

Per ripartire mi serviva solo un'iniezione di fiducia, e doveva arrivarmi da lei e da lei sola.

Si volta verso di me. «Allora? Questa colazione?».

Mi mordo il labbro mentre valuto il suo corpo con uno sguardo carico di concupiscenza. «Sicura di non poter aspettare una mezzoretta? O magari anche un'oretta?».

Ride, e si sporge a soffiarmi nell'orecchio: «Sicura. Qualcuno dice che ha fame *adesso*!».

«Solite scuse, è sempre colpa degli altri», brontolo, mentre le accarezzo il fianco con rimpianto.

Ma poi le mie mani si spostano sul ventre tondo e sporgente, e un senso di profonda serenità mi pervade.

Le poso un bacio sulle labbra e sorrido. Lei stringe le dita sulle mie, ancora posate sulla sua pancia.

Fra cinque mesi il nostro bimbo nascerà. Non sappiamo ancora se sarà maschio o femmina, e non lo scopriremo prima del parto.

Abbiamo scelto di non esserne informati in anticipo.

L'espressione sul volto di Ambra è sublime, la perfetta raffigurazione della felicità. E non ho bisogno di uno specchio per sapere che la mia è identica.

«Ti amo», le sussurro all'orecchio.

Poi chino il viso fino a sfiorarle il ventre con le labbra. «E amo anche te, piccolo tesoro. Non vedo l'ora di conoscerti».

Attiro i miei due amori in un abbraccio che è gioia pura e suprema.

Lui verrà presto alla luce, e noi stiamo rinascendo insieme a lui.

Ambra

Svaniti i timori, riesco a trascorrere attimi sereni.
Qualsiasi contrasto possiamo avere sembra nulla in confronto alla forza dei sentimenti che condividiamo.

Non ci somigliamo, ma ci completiamo, ci incastriamo alla perfezione sotto ogni aspetto, nel corpo e nell'anima.

E ora sappiamo finalmente affrontare le inevitabili difficoltà del nostro rapporto di coppia, che vengano da noi o da altri.

Con Tommaso sognavo una vita serena e una famiglia che mi scaldasse il cuore. Tutto quel che mi ha dato è stata un'illusione che non era neppure amore.

Da Daniele non mi aspettavo nulla. Invece ho trovato tutto: l'unico vero amore, la felicità più completa e un figlio che mi cresce nel grembo.

Daniele mi ha dato tutto ciò per cui vale la pena vivere.

La forza dei miei sentimenti per lui è così intensa da farmi quasi paura, ma senza di lui non saprei più respirare.

È così nel mio oggi, e sarà così nel mio domani.

Simona Busto

*Scrivere per me è un'esigenza dell'anima, e sono sempre
felice di cedere al canto della mia sirena letteraria. Lei mi
sussurra all'orecchio e le mie dita ubbidiscono senza
esitazione, correndo veloci sulla tastiera. Adoro raccontare le
mie storie e amo sentire l'opinione dei lettori. Blogger
e semplici appassionati di libri mi hanno spesso onorato
dedicandomi qualche parola su Amazon o sui social. Scoprire
una nuova recensione o anche un semplice commento mi
regala attimi di pura gioia.*
*Una decina d'anni fa sono stata segnalata a due concorsi
letterari: premio Artenuova e premio Bompiani-scrivi.com.
Inoltre ormai da tempo pubblico storie di vita vera sulla
rivista "Confidenze" (Mondadori).*
*Di recente ho iniziato a lavorare come traduttrice freelance e
collaboro al momento con due case editrici. Perché tradurre
è la mia seconda passione, mentre la terza sono
gli animali.*
*Ho all'attivo quattro romanzi e altrettanti racconti brevi,
autopubblicati, alcuni di genere romantico e altri fantasy.
Tutti mi hanno regalato grandissime soddisfazioni in termini
di riscontri e classifica, e mi hanno reso felice
di aver intrapreso la difficile strada della narratrice.*
*I miei personaggi sono persone forti, spesso complesse
e controverse, impegnate in una costante sfida contro se
stesse, gli altri e la vita. L'amore è una battaglia da vincere a
ogni costo, anche quando l'avversario si*

nasconde sotto la maschera della ragione.

Ti è piaciuto questo libro? Lascia il tuo commento sulla nostra pagina Facebook (readingwithlove.official) e su Amazon!